COLLECTION FOLIO

Bruno Tessarech

La machine à écrire

Gallimard

Bruno Tessarech a enseigné la philosophie et a dirigé une école alternative. Aujourd'hui, il se consacre entièrement à l'écriture. Il est l'auteur de trois romans.

Tout ce qu'on écrit
finit par devenir vrai.

COLETTE.

Je suis un nègre. Quelqu'un qu'on paie pour écrire ce que les autres signent. Dans le dictionnaire, le mot figure entre négociation et neige. Après le commerce mais avant la blancheur immaculée. Moins implacable que celui-là, mais plus noir que celle-ci. En somme, un difficile compromis entre le pur et l'impur.

Pas loin du nègre, on trouve dans les dictionnaires plus savants le mot néguentropie, qui signifie entropie négative, augmentation du potentiel énergétique. Chacun sait ça. Thermodynamique, second principe de Carnot, et voilà les jets de fumée, l'explosion de la machine à vapeur, la création qui inonde le monde. Mais à filer la métaphore, je m'égare. Si les mots pouvaient recharger les batteries défaillantes de l'univers, supprimer les hoquets de l'histoire et gommer les aspérités du temps, cela se saurait. Toujours les affres et les poisons du style. Et puis je ne vais pas arpenter les dictionnaires en tout sens. Il me suffit de les savoir bien à leur place, forteresses entre le monde et moi. Faisons court : le métier de nègre consiste à donner des idées aux cons et à fournir un style aux impuissants.

Mon aveu est dénué de toute vantardise. Hormis exprimer ce que les autres ne peuvent dire, je ne sais rien faire. Parfois je songe à des vies possibles. Me voilà pythie à Delphes, tireur de cartes dans une baraque foraine du boulevard Rochechouart, ou patron de secte vers Salt Lake City. Mais il me faudrait le support logistique d'une mise en scène dont j'ignore le premier mot : jouer sur les cordes sensibles du mystère, donner aux êtres le sentiment qu'on leur délivre un message alors qu'on ne leur exprime que ce qu'ils ont envie d'entendre. Je ne peux qu'écrire, front plissé, bras replié vers mes notes comme l'élève qui a peur qu'on le copie. Ou honte de ce qu'il croit inventer. Le professeur a proposé comme modèle un texte de Gide. Hier, c'était Camus. Demain, qui ? Cohen, Miller, Sartre, Céline ? Un génie par jour. Avec, à chaque fois, des phrases tellement parfaites qu'on n'imagine pas, le temps de la lecture, qu'il soit possible d'écrire autrement. Aucune chance de s'en tirer vainqueur. Mieux vaut hisser le drapeau blanc. Peut-être sauvera-t-on sa peau.

Voilà mon drame. Je le connais bien. La peur

du ridicule. Trop de temps passé à lire pour ne pas me perdre moi-même à jamais. Des journées entières dans les mots. Des mois. Des années. Le goût en sort corrompu à jamais. Il est devenu trop bon. Pourquoi lutter ? La moindre carte postale devient un cauchemar. J'exagère à peine. Comment imaginer tenir sérieusement une correspondance après avoir fréquenté Mme de Sévigné et Choderlos de Laclos ? On m'a élevé au mouton-rothschild, et je me retrouve exploitant un carré de vigne perdu dans l'arrière-pays biterrois. D'autres s'en accommoderaient, moi pas. C'est qu'ils possèdent un orgueil d'eux-mêmes déguisé en fausse humilité dont je suis dépourvu. Pas si mal que ça, mon petit vin. Et au moins, lui, il est naturel, il est franc, on sait ce qu'on a mis dedans. Les voilà, radieux, qui transfigurent leur piquette en nectar, aveugles à tout, et d'abord à eux-mêmes. Moi, il ne me reste qu'un rêve de grandeur passée. Alors je livre mes confidences d'ivrogne à des inconnus, au cœur de la nuit, tandis que le patron du bistrot rince ses verres et range les tables : avant, monsieur, je buvais au tonneau des rois.

Dans ma vie, tout s'est toujours fait par hasard. Il y a dix ans, j'ai choisi d'étudier les lettres sans préoccupation d'avenir, comme on commence une collection de timbres. Les années de licence, puis la rédaction d'un mémoire : flâneries à travers les textes comme celles d'un sous-préfet parmi les boutons d'or.

La préparation des concours me fit l'effet d'une douche glacée. Fini, les passe-temps. L'heure du rendement était venue. Il fallait montrer de quoi on était capable. Écraser l'autre pour avoir la place. Quelle place ? Celle du professeur qui, à son tour, préparera les autres aux mêmes concours ? Laissez-moi rire. La farce était trop grosse. Mes camarades passaient des heures en bibliothèque à résumer des thèses, des monographies, des ouvrages illisibles à seule fin d'alimenter cette comédie ubuesque de la répétition infinie. Très vite, j'ai abandonné les fiches bristol pour arpenter la montagne Sainte-Geneviève à la recherche d'une autre destinée.

Je ne l'ai jamais rencontrée. Il y avait bien le désir d'écrire. Mais les ouvrages accumulés aux vitrines des libraires me déprimaient. Comment imaginer qu'un autre livre ajouterait quelque chose à cette masse de papier imprimé ? La destruction des forêts méritait autant d'attention que la lassitude des lecteurs face à des livres en quête d'immortalité.

L'éphémère dans lequel œuvraient les journalistes ne me séduisait pas plus, malgré la course de vitesse derrière l'événement qui devait rendre leur vie si palpitante. Une seule édition du *Monde* consommait une bande de papier étalée de Dunkerque à Marseille. Ce nouveau coup dur pour les vastes forêts d'Europe relativisait la sagesse de Sirius et les bons mots de Claude Sarraute.

Aussi continuais-je à errer dans les rues. Elles viendraient bien assez tôt, ces épreuves qui m'ouvriraient le droit de commenter pendant des décennies des ouvrages inutiles devant un parterre de jeunes gens somnolents. D'ailleurs, le langage l'affirmait avec une naïveté touchante : passer des concours, c'était les subir.

Mon métissage a commencé à cette époque. Par accident, comme tout le reste.

Un de mes amis se piquait de politique. Il était un peu plus âgé et se prénommait Charles-Hubert. Sa jeunesse s'était passée à ourdir des intrigues byzantines aux résultats dérisoires. Un exemple : quand nous étions enfants de chœur, il arrivait à la sacristie un quart d'heure avant le rendez-vous pour « se placer », comme il disait avec ingénuité, et recueillir l'autorisation de servir « à droite ». Ce privilège rare lui ouvrait l'accès à la petite cloche et au service des burettes. Il en était ravi. J'aimais bien son opportunisme enfantin, et ses dépits lorsque je le devançais en version latine ou en dissertation, exploits facilités par sa grande faiblesse.

Nous passions nos vacances ensemble. Son intelligence ordinaire me reposait. La nuit, il faisait des phrases devant les étoiles et parlait du néant que nous sommes face à l'infini. Le plus surprenant était qu'en toutes choses, culture, séduction, élégance, Charles-Hubert croyait à sa supériorité. Mais, brave type, il dilapidait son patrimoine avec générosité. Il aurait déplacé des montagnes pour faciliter une démarche à un inconnu. Aussi était-ce le meilleur des amis. D'évidence, il était programmé pour entrer en politique, ayant la faiblesse de se croire utile aux autres.

À Sciences-Po, il avait fréquenté des cercles libéraux qui voulaient redonner du sang neuf à une U.D.F. gâteuse. J'appartiens à ceux qui ont du punch, affirmait Charles-Hubert en plissant les lèvres. Il accompagnait ces propos d'un geste court de la main fermée, comme s'il envoyait un coup de poing dans le vide, mais au ralenti, et avec un temps de retard sur la phrase. Il avait longuement travaillé ce geste à l'américaine où il voyait le symbole de l'énergie réservée aux « winners ». À cette époque, il m'entreprenait pendant des heures avec son concept de libéralisme social jusqu'à ce que, épuisé, je lui demande d'arrêter. Des posters de ses modèles en politique ornaient sa chambre. John Kennedy et Jean-Jacques Servan-Schreiber.

Après un échec à l'E.N.A., il décida, selon ses propres paroles, de « brusquer le destin ». Il se présenta aux cantonales dans la circonscription de Neuilly où habitaient ses parents. Depuis des mois, je lui servais de cobaye au cours de soirées interminables durant lesquelles il ne m'épargnait aucune réflexion sur l'état général du pays, avant de s'abandonner à une géopolitique planétaire, fascinante comme un film au Kinopanorama. Les rapports Est-Ouest et Nord-Sud offraient tellement peu de secrets pour lui qu'on se demandait pourquoi le monde marchait aussi mal.

Dans son esprit, le mandat local devait constituer la première étape d'une carrière nationale. D'ailleurs, tout lui souriait. Sa famille, installée avenue du Roule depuis trois générations, tramait le quartier de nombreuses relations. Un de ses oncles avait été premier adjoint à la mairie pendant des lustres. Enfin, il fréquentait avec assiduité les surprises-parties du samedi soir (les fameux « rallies »), et assistait à la messe du dimanche matin. Sa victoire paraissait donc assurée.

Le soir du premier tour, nous sirotions du beaujolais-villages dans le salon familial avec une certaine nervosité. Des correspondants téléphonaient les résultats depuis les bureaux de vote. Charles-Hubert avait mené campagne tout seul, mais son staff de victoire était impressionnant : une trentaine d'amis qui riaient et parlaient fort. J'écoutais cette jeunesse dorée blaguer sur les Juifs, les Arabes, les smicards. Ils me dégoûtaient. De nos amis, nous acceptons tout. Mais les amis de nos amis peuvent devenir odieux, à force de nous représenter combien les êtres dont nous nous croyons proches sont des inconnus.

La soirée se déroula d'abord normalement. Puis un incident attira mon attention. Quelques flûtes à champagne glissèrent d'un plateau porté à bout de bras par une jeune fille maladroite qui voulait « préparer le verre de la victoire » et riait tout le temps. Pour qui croyait aux augures, le signe était néfaste. Un camarade de Sciences-Po, assis devant un téléviseur où les politologues de service commentaient les résultats, répétait sans cesse : ah, les tarés. Il parlait des électeurs, bien sûr. Charles-Hubert, de plus en plus nerveux, passait du téléphone à la porte, qu'on maintenait ouverte pour simplifier les va-et-vient. On grignotait du saucisson, on tranchait du pain de campagne, on aménageait son campement en vue d'une longue veillée d'armes. Tout le monde était convaincu que la France allait repartir de l'avant dès le lendemain matin.

Mais l'euphorie fut de courte durée. Dès neuf heures du soir, l'évidence éclata que Charles-Hubert était battu à plate couture.

Comment un jeune homme si propre sur lui, qui ne revendique aucune idée susceptible de faire peur à qui que ce soit, et qui arbore un nom de chien de compagnie, peut-il perdre une telle élection ? J'en fus le premier surpris.

— Charles-Hub, lui disais-je en lui tapotant l'épaule, ce n'est pas un quatorze pour cent qui va t'abattre. Peut-être as-tu choisi le mauvais camp, tout simplement. Le R.P.R. progresse fort, depuis quelque temps.

Des sanglots percèrent dans sa voix brisée.

— Je m'en fiche d'avoir perdu, affirmait-il en tapant du pied et en ébouriffant ses cheveux. Mais je ne supporte pas l'idée que cet abruti de Jocaste gagne encore au second tour. Tu te rends compte, il passe à coup sûr, il se retrouve en face du candidat socialiste. Il va rafler toutes mes voix, et celles des divers droite. Quel nom, Jocaste. Pour solliciter le suffrage de l'électeur, ça fait tragédie, tu ne trouves pas ?

Je pensais : ça fait tragédie, mais ce soir Jocaste rit, et Charles-Hubert pleure. En vérité mon ami n'avait rien mis en place pour gagner. Dans ce genre d'élection, on ne se présente pas pour quelque chose, mais contre quelqu'un. Il aurait fallu ignorer le candidat socialiste, prendre Jocaste pour cible, le ridiculiser, travailler le slogan : arrêtez la tragédie, un acte ça suffit, pas deux. Au lieu de cela, Charles-Hub avait voulu une campagne digne. Résultat : il avait endormi les quelques chalands qui assistaient à ses réunions publiques par des considérations sur l'état du monde et le destin de la France.

Son désarroi me faisait de la peine. Lorsque l'adversité frappe, les enfants gâtés font toujours plus pitié que le commun des mortels. En quoi ils restent les vrais rois du monde, même au cœur du malheur. Mon devoir était tracé : consoler l'enfant perdu des beaux quartiers, recréer une complicité entre nous deux, renouer avec les jeux de plage et les éclats de rire de l'enfance avant de le laisser en compagnie de ces imbéciles qui l'anesthésieraient de louanges. Car tout nous éloignait, sauf cette complicité inexplicable qu'on appelle l'amitié.

— L'année prochaine, ce sont les municipales. Présente-toi. Ce sera ta revanche. Commence à constituer une liste. Si tu veux, j'ai deux ou trois idées, je te donnerai un coup de main pour tes thèmes de campagne.

J'avais prononcé les mots sans y réfléchir : thèmes de campagne. Leur effet fut magique. Ils justifiaient par avance toutes les bassesses du prochain affrontement. Charles-Hubert redressa la tête. Ses yeux boursouflés complétaient l'effet du double prénom : après avoir affronté les bourrasques d'un printemps pluvieux, le chien de compagnie rentrait à la maison pour se faire consoler.

— Tu as raison, Louis. Ce sont les thèmes de campagne qui ont manqué. On est parti dans la grande politique, Montesquieu, Tocqueville. Mais les gens s'en foutent. Ce qui les intéresse ce sont les impôts locaux, les trottoirs mal entretenus, l'ouverture de magasins le dimanche, les petites affaires de la vie quotidienne. Le tout emballé dans des thèmes de campagne charpentés, simples à retenir : la liberté, le respect d'autrui, l'esprit d'entreprise...

Il s'enflammait.

— On va leur montrer que nous sommes les meilleurs pour réaliser ce programme, et pas cet incapable de Jocaste, à qui je souhaite que le diable crache au cul !

Sa main droite envoya un coup de poing dans le vide avant de s'abattre sur une tranche de pâté de campagne tandis que l'autre plongeait dans un bocal de cornichons. Charles-Hubert était guéri. D'abord, il retrouvait l'appétit, caractéristique commune à tous les grands conquérants. Ensuite, il voulait la tête de l'adversaire. Enfin, il employait un formidable pronom : on. Celui qui nomme tout le monde et personne. L'indéfini par excellence. Dans le cas présent, la trappe dans laquelle il m'escamotait pour récupérer mes idées, mes « thèmes de campagne ». Je trouvais aussi qu'il améliorait son répertoire. Bonne idée, le juron d'Ancien Régime. Il y avait là un subtil dosage à trouver entre l'esprit d'entreprise moderne (version acceptable de l'ignoble libéralisme sauvage) et le passéisme des insultes. La victoire serait en bonne voie le jour où Charles-Hubert parviendrait à imposer palsambleu ou ventre-saint-gris à ses auditoires.

Je l'ai quitté très remonté. Accroupi devant une table basse, il faisait le pari de dévorer tout seul un pain-surprise rempli de sandwichs au saumon sous les vivats de ses admirateurs. Il avait aussi bien bu. Dans le salon régnait une ambiance serment du Jeu de Paume. Les copains levaient les mains pour applaudir, jurant qu'ils ne le laisseraient jamais tomber. La fille qui avait cassé les flûtes à champagne, bel auspice au visage désormais tragique, lui assurait en joignant les mains : on t'aime, Charles-Hub, on t'aime. La sexualité dans les beaux quartiers m'a toujours paru différente d'ailleurs, plus facile et plus pauvre à la fois. Simpliste, en un mot.

Je descendis l'escalier de pierre. La raison pour laquelle je continuais à voir Charles-Hubert m'apparut avec netteté : avenue du Roule, les choses semblaient évidentes, angéliques, sans conflit ni accroc. Le travail, l'argent, l'amitié, l'amour, rien ne posait problème, tout était lisse, distingué et brillant comme les motifs peints au vernis Martin sur le secrétaire Transition du salon. C'était l'artifice même de cette vie qui en faisait le charme. Comme au théâtre, le mort se relevait dès le rideau tombé.

En haut, sous les applaudissements, Charles-Hubert entonnait une vieille chanson qui avait fait les beaux jours de l'Algérie française et demeurait le signe de reconnaissance d'une certaine jeunesse, le *Chant des Africains*. Ils reprenaient tous en chœur le refrain dans lequel il était question de patrie et d'ardeur.

Une série d'explosions me fit sursauter. Ils débouchaient les bouteilles de champagne en principe réservées à la victoire. Mais la certitude des triomphes futurs emportait tout sur son passage. Par la fenêtre, la silhouette de Charles-Hubert, penché au-dessus du balcon, m'interpellait dans la nuit : Louis, Louis ! remonte ! Il faut qu'on parle des thèmes de campagne !

Mon début de métissage date de ce soir-là.

J'ai oublié de vous dire que je m'appelle Louis. Mais vous l'avez appris au détour du dialogue. Ce prénom me vient de mon arrière-grand-père paternel, celui qui était maraîcher près de Pithiviers. Tout le monde ne peut pas s'appeler Charles-Hubert, arborer une tête de noble à la Gainsborough, une pose nonchalante en culottes blanches et jabot de dentelle, et les yeux tristes du setter sagement assis à côté. Moi, par rapport à cette Angleterre distinguée, ce serait plutôt la bouille rondouillarde et les cheveux carotte du Gallois en veste et pantalons de jean, dignes successeurs des velours côtelés et chemises à carreaux de mes proches ancêtres. D'un côté le thé et le cricket, de l'autre la bière et le rugby. Vous voyez la scène. Dans la gravure où mon copain Charles-Hub évolue avec nonchalance, je tiens le rôle de l'intendant du domaine, à mi-chemin des hobereaux et des valets de ferme ; et si on m'épargne l'office, je passe la grande porte en tenant malgré tout ma casquette à la main.

Ainsi la nature m'a-t-elle offert un merveilleux cadeau : un physique de contre-emploi. Je manie les mots avec des mains d'ouvrier agricole. Les mêmes que celles de mon aïeul maraîcher qui caressait ses salades avec des gestes tendres évoquant, selon les circonstances, la douceur de la sage-femme ou la maladresse de l'enfant qui démonte une pendule. Quand j'ouvre la bouche, mon léger bégaiement surprend. Imperceptible il y a dix ans, il s'est amplifié. J'en joue, comme de son accessoire un artiste cabotin.

C'est qu'à passer pour naïf, je trompe mon monde. Les négociations de contrats y gagnent en rapidité et en efficience. Que redouter d'un type aussi brave ? J'écarquille les yeux, je fais mine de ne rien entendre à tous ces chiffres, je mélange un peu plus mes mots, je me répands en excuses, je tourne mes mains comme pour les dissimuler, et je passe le nœud coulant à l'interlocuteur. Une courte phrase suffit : j'ai entendu parler d'un autre tarif. Mon prix tombe alors dans un silence gêné. Pour un peu, je ferais appel à la charité de mon interlocuteur. Celui-ci balaie les alentours d'un œil inquiet. En me laissant le choix du lieu, il a signé sa perte. Il le comprend soudain, à l'instar du condamné qu'on réveille en sursaut au petit jour.

Invariablement, la scène se déroule dans un

grand café de la rive droite, loin des endroits habituels que fréquentent les éditeurs. Discrétion oblige. Ou encore dans le hall du Meurice. Ce dernier lieu, je le réserve aux auteurs à prétentions académiques. Anecdotes complices sur les déjeuners de Florence Gould. Qui était invité, qui faisait inviter qui, les arcanes de la petite tribu des arts et lettres. « Il y avait même Jean Dutourd, cela paraît incroyable. » Rires condescendants. Comme je connais les maîtres d'hôtel, je suis un peu chez moi, à l'occasion on me glisse un message téléphonique. Bref, je fais mon cinéma. Peu à peu mon interlocuteur découvre un paysan madré qui descend en ville une fois par mois pour vendre ses bêtes à la foire, roule son monde et plonge la main dans une poche bourrée de billets. Il est perdu. Rien ne se déroule comme il l'avait imaginé. J'amène la conclusion avec nonchalance.

— Maintenant, à vous de voir. Mais je pense que j'aurais du mal à trouver quelqu'un d'autre qui vous effectue ce travail de mise en forme pour le prix que vous souhaitiez. Si vous voulez, je peux toujours me renseigner...

J'ai serré le nœud coulant. S'il refuse mon prix, il sait que demain une rumeur se répandra dans Paris. Elle ne sera pas à son avantage.

Je plaide votre indulgence. Ces bassesses font partie de la mise en condition. Sans elle je n'existe pas. Dans mon métier, pas de tarif syndical ni de conventions collectives, tout à l'instinct, au culot et à la réputation, comme les putes. Et puis au pays des Droits de l'Homme et de la nuit du 4 Août, il faut bien que les négriers paient. Aussi mon interlocuteur acquiesce-t-il bientôt, avec une élégance qui sied aux lieux et lui permet de prendre rapidement congé.

Il m'a fallu des années de labeur pour parvenir à ce résultat. Comme tous les artisans, j'ai effectué mon tour de France avant de réaliser mon chef-d'œuvre. Je vous raconterai. À l'époque de Charles-Hubert, je n'en étais qu'aux premiers balbutiements.

Quelques mois après son échec, mon ami avait repris son ascension vers les plus hautes destinées. Armé d'une stratégie précise, cette fois-ci. Il s'était d'abord domicilié dans une commune proche de Neuilly où ses chances de victoire étaient accrues par l'équipe municipale sortante elle-même, qui avait usé tout crédit. Ensuite, il avait noué des contacts locaux pour constituer une liste. Surtout, il s'était astreint à une présence sur le terrain. On sait qu'elle constitue pour toute carrière politique ce que les gammes quotidiennes sont à l'interprétation en concert. Il étudia le budget communal, intervint lors des réunions du conseil municipal. Chaque samedi matin, il arpentait le marché et payait des tournées aux passants. Il se rappela alors notre conversation et me demanda de venir lui donner un coup de main.

Malgré quelques coquetteries, il avait un point de vue plutôt simpliste sur la politique. Son idéologie se réduisait à croire en la victoire et à redouter la défaite. Notre collaboration s'en est trouvée facilitée. Elle fonctionnait sur un système binaire aussi raffiné intellectuellement que le jeu de pile ou face : ça rapporte, ou ça rapporte pas. Bien sûr, les premiers temps, lorsque je lui faisais une suggestion, les années de Sciences-Po continuaient leur œuvre souterraine. Il se récriait :

— Non, Louis, je ne dirai jamais ça. Ils vont me prendre pour un demeuré. On leur raconte ce genre de conneries depuis cent cinquante ans, ça ne passe plus.

— On va faire un test dans ton bulletin, on verra bien les retombées.

Les retombées étaient toujours positives.

Ensuite Charles-Hubert m'a demandé de superviser le bulletin mensuel dont le retour périodique l'inhibait parce qu'il n'avait rien à dire. D'abord son éditorial, puis la rubrique « Dites-moi, M. le Candidat », dans laquelle il répondait aux questions d'un journaliste, et enfin tout le bulletin : le courrier des lecteurs, les articles plus ciblés, les brèves. J'étais aussi bien Charles-Hubert que le journaliste qui l'interrogeait, les lecteurs qui écrivaient, le commerçant qui polémiquait sur les jours de marché ou les rues piétonnes.

Je jouais au montreur de marionnettes. Les propos de certains personnages revenaient comme des refrains. Ainsi, un imaginaire boucher du centre-ville ne cessait de réclamer la construction d'un parking souterrain pour fidéliser une clientèle tentée par la zone artisanale périphérique. Les arguments changeaient au fil des publications, mais les appels étaient semblables. Le ton me paraissait si juste qu'un jour, rédigeant une nouvelle lettre du boucher, je me surpris à penser : il a vraiment raison, il faut que Charles-Hub inscrive ce projet à son programme.

Alors, le vertige a commencé. Par langage interposé, je contemplais mes créatures de l'extérieur, avec le plaisir d'un romancier oubliant qu'il en est le géniteur. Elles apparaissaient ou disparaissaient selon mon inspiration et les besoins du moment, dénuées de passé comme de futur, sans épaisseur psychologique. Car elles n'avaient pas d'autre utilité que de sembler exister. Et l'existence, ramenée à elle-même, représente peu de choses : le souffle d'un désir matérialisé, un rêve d'éternité sitôt brisé par les rhumatismes et le tiers provisionnel.

Ainsi je me vautrais dans le quotidien. Je triomphais dans une écriture modeste peuplée de créatures sans intérêt. Tandis que mon boucher exigeait la mise en chantier du parking souterrain, le directeur de la grande surface périphérique expliquait les avantages que retireraient les petits commerçants du centre à venir s'installer dans la galerie marchande qui jouxtait l'hypermarché. Charles-Hubert argumentait. Mais dans la livraison suivante, je m'offrais la lettre d'un autre commerçant lassé des promesses non tenues, et qui terminait par une attaque en règle des politiques beaux parleurs. Charles-Hubert répliquait en invitant le commerçant en colère à venir le rencontrer à sa permanence pour en discuter de vive voix. Je comptais les points. L'échange atteignait les sommets dramatiques d'une finale, dans un tournoi du grand chelem, lorsque les joueurs arrivent au tie-break.

Un matin, le commerçant se présenta à la permanence.

Ce jour-là, Charles-Hubert faisait la grasse matinée chez ses parents à Neuilly (ses apparitions en public le mettaient à plat, car il détestait les gens, les questions, les serrements de mains) et la secrétaire qu'il avait engagée à mi-temps ne travaillait pas. Il n'y avait donc personne, sauf moi. Mais d'une certaine façon le local était plein à craquer, puisque je mettais la dernière main aux articles du prochain bulletin, avec ma figuration au grand complet : le journaliste, les lecteurs (certains partisans du maire actuel se mettaient à écrire, ce qui était le signe que nos idées progressaient), Charles-Hubert, beaucoup plus incisif que d'habitude.

Soudain, dans l'encadrement de la porte, il y eut un grand type debout. Il portait une blouse grise et un foulard rouge noué autour du cou. Un crémier ? Un anarchiste en rupture de barricade ? Au moment où je me penchais de nouveau sur mes papiers en pensant stupidement : tiens, voilà le commerçant qui vient s'expliquer avec Charles-Hub, le type a ouvert la bouche.

— Je suis le commerçant qui a écrit au candidat. Dans le dernier journal, on m'a dit de passer, et qu'on pourrait causer ensemble. Je m'appelle Picard.

J'ai levé les yeux. L'homme était immobile, avec une nuance de défi dans le regard. Son visage était sévère. Je l'ai mis à l'aise :

— Bien sûr, monsieur Picard, nous vous attendions. Merci d'avoir répondu à notre invitation. Asseyez-vous donc.

Mon sourire l'a décontracté. C'était un sourire naturel. Rien ne me paraissait plus normal que cette arrivée à la permanence. Balzac, mourant, n'avait-il pas demandé qu'on aille quérir Bianchon, le médecin de *La Comédie humaine* ? M. Picard a replié avec gaucherie son grand corps sur la chaise que je lui avançais. Il ne devait pas s'asseoir souvent pendant les heures de travail. On aurait dit un cousin de province qui attend le départ du convoi funèbre, à l'écart du groupe, en triturant des souvenirs dans ses pensées. Il avait la tête de ceux qui n'ont pas beaucoup d'idées, mais bien rangées en ordre. Quelque chose le tracassait.

— Il faut que je vous dise. Je ne suis pas d'accord avec vos procédés.

Il pointait du menton les feuilles éparpillées sur ma table.

— Vous donnez la parole aux électeurs, comme vous dites, et vous changez les mots. On peut pas dire que c'est correct correct.

Il sortit de sa poche un papier plié en huit. C'était une page arrachée d'un cahier d'écolier. Il la déplia avec lenteur, et la posa sur la table en la lissant avec le plat de la main.

— Tenez, la voilà ma lettre. Je l'avais recopiée avant de vous l'envoyer.

Je n'avais jamais vu ce texte : une grande écriture penchée, au crayon. La secrétaire rangeait dans une chemise le courrier qui arrivait à la permanence, et que personne ne lisait. Manque de temps, manque d'intérêt. Et puis l'imaginaire porte en lui un mépris de la réalité. Mais après quelques instants d'anxiété, j'ai été soulagé. Bien que supérieur en qualité, mon texte n'était pas éloigné du sien. Je lui ai rendu sa feuille.

— Je me rappelle très bien votre lettre, monsieur Picard. Vous ne le savez peut-être pas, mais on fait toujours comme ça quand on publie un texte dans un journal : on coupe un peu, pour des raisons de mise en page. Du coup, certaines phrases deviennent moins claires, alors on change des mots, ou même des tournures. Mais on conserve toujours l'essentiel. L'esprit, sinon la lettre, si je peux dire (j'ai souri avec malice ; son visage n'exprima rien). Il faudrait qu'on reprenne l'article, je ne l'ai plus vraiment en tête. Par exemple cette phrase : « Les politiciens, ils promettent toujours beaucoup mais ils ne font pas grand-chose », on la retrouve presque mot pour mot dans le journal, parce qu'elle est vraiment là, la phrase forte, l'idée importante.

J'ai appuyé ma phrase du geste favori de Charles-Hub, le geste du gagneur.

Je le sentais flatté, mais quelque chose le tourmentait encore. Il tournait le papier entre ses doigts, tête baissée.

— Et mon nom, alors ? Il dérangeait aussi la mise en page ? Vous avez pas signé Picard dans le journal.

— Jamais. Pour éviter des ennuis aux gens qui nous font la confiance de nous écrire. Les idées politiques, ça peut nuire. D'ailleurs nous n'avons pas à nous poser la question. La plupart de nos correspondants souhaitent garder l'anonymat. Ce n'est pas votre cas. Vous, au moins, vous n'avez pas peur de vos opinions. Un tel courage vous honore. Mais nous avons le souci de la prospérité de votre commerce. Admettez que des gens responsables comme nous ne peuvent pas faire moins.

Je réveillais le persécuté qui somnole au fond de tout boutiquier. Il levait maintenant les yeux vers moi, avec reconnaissance et complicité. Il avait bien suivi.

— Oh, la boutique, elle ne me cause pas encore trop de souci. Mais j'aimerais pas qu'on embête mes gosses à l'école. Vous avez bien fait.

Son père avait dû avoir des ennuis vers 1945. Le temps d'une phrase, l'atmosphère fétide de l'épuration avait empuanti la pièce.

— Monsieur Picard, nous allons prendre rendez-vous avec notre candidat. Et dans le prochain bulletin, je vous le promets, il y aura un résumé de notre conversation, au mot près. Elle intéressera beaucoup nos lecteurs.

— Sans mon nom ?

— Sans votre nom. Vous avez ma parole. Accordez-nous la même confiance que la première fois.

Il a déplié son grand corps, soulagé d'avoir accompli un devoir pénible. Son serrement de main et son regard appuyé contenaient tout : les remerciements pour le passé, la confiance dans l'avenir. Au moment où il quittait le bureau, nous avons échangé un sourire de connivence.

Une évidence me frappa. Sur le moment elle ne me fit pas peur, parce que j'y découvrais un pouvoir tout neuf, comme un cadeau bien emballé. Plus tard, elle me rendrait malade. Cette évidence affirmait : ce ne sont ni les hommes, ni les passions, encore moins les idées qui mènent le monde. Mais les mots, rien que les mots.

À l'approche des élections, les sympathisants de Charles-Hubert se montrèrent de plus en plus nombreux. Il avait débuté ses réunions dans un des bars-tabacs du centre, puis dans une salle de restaurant, la grande salle où se réunissaient les membres du Rotary Club et les supporters de l'équipe de football, aux murs couverts de fanions et de photographies de victoires. Maintenant, il s'apprêtait à louer le cinéma. Son slogan ne variait pas. Il était candidat « pour une nouvelle citoyenneté dans notre ville », et ne faisait plus mystère d'ambitions plus élevées.

Cet orgueil flattait les électeurs. Les candidats qui entrent en politique comme on embrasse un métier exercent un réel pouvoir de fascination. Étrangement, on leur pardonne des turpitudes dont la moindre suffirait à couler un naïf égaré dans le marigot électoral. Et puis, dans ces années-là, on semblait lassé de l'héroïsme du bénévolat. Peut-être commençait-on à le suspecter de corruptions plus profondes. Bref, Charles-Hubert avait réussi une bonne implantation. Poli mais non distant, attentif mais pas démagogue, bien habillé sans affectation, il représentait le gendre idéal que toute famille espère.

En face, le docteur Lavernois, compagnon de la Libération, ancien secrétaire d'État sous de Gaulle, maire sortant installé dans son fauteuil depuis trois élections, tremblait sur ses bases. Il enregistrait des défections jusque parmi ses adjoints. Les électeurs déploraient son immobilisme. Pis : des rumeurs circulaient à propos de sa gestion de l'hôpital. On insinuait qu'il avait fermé les yeux sur certaines lignes budgétaires de façon sinon coupable, du moins laxiste.

Charles-Hubert s'engouffra dans la brèche. Il exigea qu'on mène l'enquête sur l'attribution de certains marchés publics effectuée dans des conditions troubles. Les résultats furent pitoyables : deux photocopies de lettres confuses à en-tête du maire parvinrent anonymement à la permanence. Elles ne prouvaient rien.

Je tentai de minimiser les choses, disant à mon ami : « Tu as déployé ton énergie pour agiter ta petite clochette à l'élévation, tout seul, comme un grand. Tu es content. Et puis après ? » Mais il ne se dérida pas. On publia les deux misérables lettres sous forme de tracts, surlignées de rouge, commentées en des termes injurieux.

Charles-Hubert avait trop bien assimilé mes premières leçons sur l'impact du message. Il se mettait à jouer les justiciers. Il prêtait l'oreille au moindre ragot, et prenait pour argent comptant les propos d'ivrognes ou d'aigris croisés au hasard d'un vin d'honneur. J'aimais bien le côté Clochernerle des premiers numéros de notre bulletin. Mais je détestais l'atmosphère de règlement de comptes et de délation qui s'instaurait. Quand je lui faisais part de mes réticences, il se voulait apaisant : « Mais Louis, ce n'est pas grave, on reste dans le code. Tu crois qu'ils vont nous épargner, en face ? La moindre faute, et tu les verras redresser la tête. »

Je ne reconnaissais plus mon ami. Le délicat amateur de petits maîtres flamands, l'étudiant qui dévorait *Le Monde* chaque après-midi et se passionnait pour la littérature italienne contemporaine avait fait place à un inconnu. Tant qu'il n'y avait pas eu d'ennemi identifié, il s'était tenu convenablement. Et puis un jour, il avait compris qu'il ne se battait pas pour obtenir la mairie, mais pour en chasser Lavernois. À partir de ce moment, son esprit plein de confusion se simplifia jusqu'à la caricature. Il devint celui d'un tueur : j'épaule, je vise, je tire. Seule l'hypothèse de sa propre défaite le faisait frémir, comme une image de mort anticipée.

La coupe déborda lorsqu'il m'annonça avec des lueurs sadiques dans les yeux qu'il détenait des informations sur la vie privée de Lavernois. Je lui dis que ses comportements m'écœuraient. Qu'il devenait comme ses amis, méchant, nul.

Il me fit remarquer qu'une grande différence nous opposait : il était riche, et moi pauvre.

— Et alors ? Cela t'autorise à te conduire comme un salaud ?

Il se rembrunit. Le mot avait tout de même fait mouche.

— Tu emploies un vocabulaire qui appartient à ton milieu et aux études que tu as suivies en dilettante. Le langage de ceux qui croient aux belles âmes, et d'abord à la leur. Je ne me conduis pas comme un salaud. Je suis mon chemin, voilà tout. Que me reste-t-il à conquérir, sinon le pouvoir ? Pas de quartier quand tu passes à l'abordage. Toi, tu as encore tant de choses à découvrir : l'argent, la réussite sociale, la considération... Tu peux te permettre de jouer une partition fine, flûte, hautbois. Mais rendez-vous dans deux ou trois générations, quand tes héritiers sortiront les percussions et les cuivres pour faire avancer la troupe face à l'ennemi.

À compter de ce jour, je ne mis plus les pieds à la permanence. Un ami perdu de vue depuis des mois me montra le chemin de la bibliothèque de la Sorbonne. Malgré toutes les vacheries que je lui avais sorties sur les agrégatifs, il eut l'élégance de me faire croire à la réalité de notre amitié. Je retrouvais les après-midi de bibliothèque consacrés à la préparation d'épreuves aussi inutiles que séduisantes : entre la dialectique du héros de Doubrovsky et les *Morales du Grand Siècle* de Bénichou, quelle est l'explication la plus rigoureuse du schéma cornélien de l'honneur ? Grave question. Front soucieux, je levais le nez de mes notes. On avait beau dire et beau faire : il n'y avait rien au-dessus de la littérature et des idées, surtout quand elles n'ont aucune prétention à changer le monde. La politique ne serait jamais ma zone de pêche.

Parmi des prospectus et des lettres sans intérêt, la permanence de Charles-Hubert me réexpédia un courrier arrivé depuis plusieurs jours. À côté de mon nom, la suscription prenait soin d'indiquer : Personnel. Je retournai l'enveloppe. Elle portait le nom de son auteur : docteur Pierre Lavernois.

Monsieur,

Vous voudrez bien excuser cette mention sur l'enveloppe. Son but est de rendre impossible la divulgation par votre patron de son contenu, sauf à passer pour malhonnête. Peut-être sourirez-vous de mes précautions ou serez-vous heurté par ce jugement sur votre ami. Mais songez à ses agissements à mon égard, et dans la seconde cette hypothèse vous paraîtra moins saugrenue.

Je ne suis pas un maire idéal. En existet-il seulement ? Du moins m'efforcé-je depuis douze ans d'exercer mon mandat avec le dévouement et la probité dont je m'honore d'avoir fait preuve au long de ma carrière de chirurgien des hôpitaux. Mais à employer de grands mots inconnus de vous je m'égare. Aussi vais-je descendre à votre niveau, qui est bas.

Numéro après numéro, votre journal de campagne me couvre de merde. Votre candidat et son équipe sont des voyous et des menteurs. Je vous l'écris sans tremblement ni remords. De surcroît, je vous l'écris à vous, parce que vous prenez du plaisir à orchestrer tout cela. Vous êtes l'éminence grise d'un triste personnage.

L'idée m'est venue de vous demander une insertion dans votre journal, au titre du droit de réponse. Mais je ne voudrais pas vous faire rire encore plus grassement. Peut-être aurai-je plus de chance en vous proposant une rencontre. Soyez sans crainte, elle restera discrète. D'ailleurs vous aimez l'ombre.

Il sera toujours temps d'échanger des politesses conventionnelles lorsque nous aurons fait connaissance. Ma signature suffira pour cette fois-ci.

PIERRE LAVERNOIS.

Il me fixait avec des petits yeux du même gris que son complet-veston. L'examen des dossiers, après celui de ses malades, semblait l'avoir courbé vers plus bas que lui-même. La bouche était plus amusée que méprisante, et la voix murmurait :

— Je ne vous croyais pas si jeune, monsieur Louis. Votre prénom vous vieillit. C'est celui d'un maître d'hôtel ou d'un patron de P.M.U. D'ailleurs vous faites très démodé. Style IVe République. Vous aimez les romans de Patrick Modiano ? Pardonnez-moi de vous poser cette question. En réalité je m'en fous. Mais ma curiosité est plus forte que l'intérêt que je porte aux êtres. Déformation professionnelle, sans doute.

» Non, ne dites rien, ne me reprenez pas. Bien que je connaisse votre nom, je fais l'impasse. Qui pourrait-il nommer ? Vous n'existez pas vraiment par vous-même, il me semble. Vous êtes prisonnier de personnages que vous croyez inventer, mais qui vous manipulent par Charles-Hubert interposé. Vous êtes réduit en servitude, monsieur Louis. Vous êtes ce qu'on appelle un nègre.

Enfin quelqu'un qui me comprenait. J'ai regardé le docteur Lavernois avec émotion. Il avait l'âge d'être mon père. Les choses auraient été plus faciles s'il l'avait été. Un instant, son regard a chaviré. Il s'est tout de suite ressaisi.

— Les généralités m'ennuient autant que vous. Voyons les faits. Je vais perdre cette élection, et dans les grandes largeurs. Tant mieux.

» Ne vous récriez pas. Je m'en moque plus encore que vous ne croyez. Je suis fatigué des kermesses d'école primaire, des gerbes du 11-Novembre, des matchs de foot du dimanche après-midi. Au tour de votre ami de salir ses flanelles grises et ses tweeds anglais. Je suis surtout fatigué des mariages. Ah ! les mariages, si vous saviez, monsieur Louis ! Tous ces couples attendris qui défilent, et vous, ceint de l'écharpe tricolore, qui débitez les niaiseries d'une messe républicaine à trois sous... Une messe basse, vraiment très basse. On n'entend que sa propre voix en écho dans cette grande salle du premier étage que vous connaissez peut-être, sinistre comme toutes les salles de mariage, vide, froide, prémonitoire de l'ennui qui va s'abattre sur le jeune couple au bout de quelques mois... Près de deux divorces pour trois mariages. Score éloquent, vous ne trouvez pas ?

» Bref, je vais quitter cette mairie et j'en suis ravi. Je fais tout pour ça. Votre ami n'a rien compris. Je suis son meilleur allié dans cette affaire. Si j'avais magouillé avec les marchés publics, je m'empresserais de vous en fournir les preuves, pour être certain de perdre et qu'on me foute la paix une fois pour toutes. Seulement j'ai un conseil municipal plein d'amis qui tremblent, une image à sauvegarder, un parti politique auquel je dois des égards. D'où mes concessions actuelles à la bataille démocratique.

En outre, vous supporterez qu'ayant un honneur à protéger, je n'applaudisse pas des deux mains aux saloperies que vous racontez sur moi.

» Passons sur de tels détails. Mon souci principal va vous étonner : il s'agit d'aménager ma vie future. D'où notre rencontre d'aujourd'hui. Mais où avais-je la tête ! Je ne vous ai même pas proposé de siège. Prenez place, je vous en prie.

Il fit un geste où passa la grâce d'un danseur. J'aperçus une main fine et blanche. Je me suis rappelé une anecdote sur un éminent chirurgien qui, pour conserver sa dextérité, tricotait.

— Vous écrivez bien. Qu'allez-vous faire, une fois cette comédie imbécile achevée ? Tout de même pas les discours et les articles de votre ami. Faites-vous oublier, c'est-à-dire désirer, durant son ascension vers les cimes. S'il devient un jour ministre, ce qui paraît vraisemblable, il fera appel à vous, car il vous saura gré de ne pas avoir été le témoin des heures creuses. Les grands hommes ne sont fidèles à leurs amis qu'en cas de besoin. Lequel n'est jamais aussi fort qu'en deux occasions. Au début de leur carrière, et à l'approche de la consécration.

» Donc, vous allez disposer de loisirs. En outre, on me dit que vous vous destinez à l'enseignement des lettres. Voilà un passe-temps dont je ne crois pas qu'il ait jamais tué quiconque à la peine. Quant à moi, je m'achemine vers une complète retraite. D'abord le scalpel et la salle d'opération, bientôt l'écharpe tricolore et la salle des mariages. Après avoir couru, je vais connaître la lenteur. Perspective agréable tant qu'on n'y goûte pas. En fait, je vais m'ennuyer autant que vous... Mais je parle trop. Voilà déjà un moment que vous avez compris où je veux en venir : je caresse le projet d'écrire un livre, et que vous m'aidiez à sa rédaction.

Il se tut et baissa les yeux. Dans ce café à peu près vide des Grands Boulevards où il m'avait donné rendez-vous, personne ne nous prêtait attention. Pour prendre une contenance, il vida d'un trait le verre qu'il s'était servi en parlant. Soudain il m'apparut vieux et fatigué. J'ai pensé qu'il était atteint, comme disent les journaux, d'une longue maladie. Je me trompais. Il faisait simplement face à sa vie avec la même impuissance qu'il devait éprouver devant une page blanche. Pendant une heure, il m'avait dressé un étrange état des lieux : celui d'une existence remplie par du vide. S'il désirait tant écrire, c'était pour retarder le moment où il ne pourrait plus se dissimuler la vanité des choses et l'échec de sa propre vie. S'il désirait tant écrire, c'était pour ne pas mourir, tout simplement.

La nuit était tombée. J'ai ressenti un léger frisson. Peut-être un courant d'air, par la porte ouverte ? Pourtant la température était douce.

Sur le boulevard, des gens seuls déambulaient dans la poussière, le désœuvrement, l'ennui. J'ai pensé à une série de photographies de Montherlant, prises à son insu peu de temps avant sa mort, sur ce même boulevard Bonne-Nouvelle. Le vieux stoïcien plein de morgue y traîne les pieds, regard glissant vers les silhouettes de jeunes gens. Il est seul et pitoyable. Il paye le prix de son orgueil : ne s'être accepté lui-même qu'à l'approche de la mort.

J'ai croisé le regard du docteur Lavernois. Il connaissait déjà ma réponse.

Lavernois n'était pas né d'hier. Il savait que la vie politique moderne n'a rien inventé de nouveau depuis les beaux temps de la féodalité. Des barons se réunissent autour de leur suzerain pour lui jurer fidélité. Puis ils se jalousent, s'insultent et s'exterminent dans une ignorance superbe des va-nu-pieds qui fourniront le gros de la troupe au moment de la bataille : les électeurs.

À l'approche du premier tour, l'atmosphère est donc devenue électrique. La majorité municipale sortante a volé en éclats et la liste de Charles-Hubert s'est accrue de ces défections. Paradoxe : au seuil du succès, Charles-Hubert passait son temps à arbitrer les ambitions de ses alliés qui accumulaient les exigences. De sorte que les règlements de comptes se faisaient aussi âpres dans le camp de la victoire que dans celui de la défaite.

Charles-Hubert ne pensait même plus à moi.

Parfait. À quoi aurais-je pu lui servir ? Le bulletin était abandonné au profit de tracts rédigés en hâte et distribués à la sortie des trains de banlieue et dans les rues. On ne s'y encombrait guère de nuances. Les attaques étaient d'une bassesse extrême : fric, scandales, incompétence, affaires privées, tout y passait.

Évidemment, la victoire fut au rendez-vous, mais pas aussi forte que Charles-Hubert l'avait imaginée. Il lui faudrait compter avec une opposition municipale importante. « Les salauds, ils sont encore là ! » s'exclama-t-il le soir des résultats, avec l'exaspération qu'on peut éprouver devant des insectes nuisibles. Ce fut la seule fausse note de la soirée. On déboucha encore plus de bouteilles de champagne que l'an passé, et des filles superbes se pâmèrent devant leur héros. Cette fois-ci, il eut le tact de calmer les ardeurs Algérie française de ses copains. La victoire aide à la tolérance. Il accorda une interview sobre au journaliste des actualités régionales, où il abordait la question des prochaines élections législatives. Tout le monde était ravi.

Pour salaire de leur trahison, il nomma aux postes clés des adjoints issus de la majorité sortante. Lors du premier conseil municipal, son discours fit mouche : « J'aborde la mission que m'ont confiée les électeurs avec un double souci : panser les plaies du combat démocratique, et regarder hardiment vers l'avenir avec le concours de tous les hommes de bonne volonté. » Les élus, debout, applaudirent cet engagement de haute politique.

Puis il s'installa à l'hôtel de ville, où il donna de nouvelles consignes aux services. Par exemple il modifia les jours de permanence ouverts au public, changea le papier à lettres et la plaque de cuivre sur la porte de son cabinet.

La vie reprit donc, dans le calme des jours et l'indifférence des êtres, et il ne se passa rien.

Je retrouvais chaque semaine le docteur Lavernois pour déjeuner dans une auberge des bords de la Seine. Nous commencions par des écrevisses flambées au cognac suivies d'une viande grillée, « au beurre maître d'hôtel ». J'avais aimé l'appellation, la première fois. On nous ouvrait une bouteille de chablis, vin de prédilection du docteur « depuis les écrevisses jusqu'au café », disait-il. En dehors de nous, le restaurant ne servait que quelques habitués et des représentants de passage. Aux murs pendaient des casseroles en cuivre et des moules à gâteaux. La façade était compartimentée par des faux colombages en ciment. On se serait dit au bord d'une route nationale dont le trafic principal a émigré vers l'autoroute. J'aimais cette ambiance léthargique où le temps se suspendait.

Après le dessert, le docteur écartait son assiette et posait les avant-bras sur la nappe : « Maintenant au boulot, mon petit vieux » (il avait abandonné M. Louis dès notre deuxième rencontre). Je sortais mon carnet pour prendre des notes.

Un ami éditeur lui avait proposé, quelques mois auparavant, de rédiger ses souvenirs. Il avait trouvé l'idée saugrenue. D'après son récit, je l'imaginais bien, sourcils levés sur les petits yeux gris soudain écarquillés : « Quels souvenirs ?

— Mais tous, Pierre : ton hôpital à Saigon, les Viets qui veulent te garder après le départ de la France, de Gaulle, le secrétariat d'État en 58, ton service à l'hôpital de Suresnes, la mairie, tout le reste... Les lecteurs sont friands de récits authentiques. J'ai d'ailleurs choisi comme titre de notre nouvelle collection : "Expériences vécues". J'attends ton texte. »

— Comment voulez-vous que je m'en sorte, Louis ? Même les prescriptions médicales, je n'en ai plus rédigé depuis des années. Alors un texte de trois cents pages, pensez donc...

Nous avons décidé de nous retrouver régulièrement afin de réfléchir sur la mise en place des fameux souvenirs. Lavernois avait mené une vie aventureuse. Mais je doutais qu'il y ait vraiment matière à un livre. En plus, il racontait mal, mêlant les époques, confondant les personnages, se contredisant. Lorsque je lui posais des questions pour clarifier son récit, il commençait par s'emporter, puis se reprenait : « Excusez-moi, mon petit vieux, tout ça me paraît si loin... » Il allumait un cigarillo et dans son regard passait une impuissance à faire sangloter les Viets, de Gaulle, tout le monde.

Au bout de trois séances de travail, nous sommes tombés d'accord sur une méthode : plutôt que d'attendre la fin de son récit (arriverait-il jamais ?), j'utiliserais une tranche de souvenirs pour rédiger librement une période de sa vie, que je lui soumettrais ensuite. Il modifierait ce qui ne lui conviendrait pas. Il fut enchanté, comme si je l'allégeais d'un poids. « Formidable. Je vous donne les éléments, et vous faites tout le boulot. Moi, je relis après. Mais je vous fais confiance : ce sera très bien. » En somme, je m'appropriais sa vie, et lui devenait le correcteur de mon texte.

Désormais, chaque fois que nous nous retrouvions, il me demandait avec une curiosité gourmande : « Alors, ça marche ? J'ai hâte de lire ce que vous avez écrit sur moi. » Le manuscrit fut bouclé en deux mois.

L'éditeur émit quelques réserves et demanda des changements minimes. Mais dans l'ensemble il aimait le texte.

— Il y a des moments forts, Pierre. Ton départ de Saigon est très bon. La scène est là, on la voit. Le découpage est déjà prêt pour le tournage.

— Complimente Louis, avoua Pierre, sans la moindre gêne. Il a écrit la scène avec deux ou trois indications que je lui ai données.

— J'ai bien aimé aussi le passage dans ton hôpital, toujours à Saigon, avec les blessés qui arrivent du front, le bloc où tu enchaînes opération sur opération, au point de t'écrouler de fatigue après trente heures… Vraiment très efficace.

— Ça n'a jamais existé. Inventé de A à Z par Louis ! Il est formidable, je te dis.

L'éditeur me regarda par-dessus ses lunettes. Il était assis au fond de son fauteuil qui se basculait en arrière, comme dans les feuilletons américains. Je me suis demandé pourquoi il ne mettait pas les pieds sur le bureau.

— Vous connaissez le Viêt-nam, Monsieur ?

— Oui, à travers les romans de Marguerite Duras.

Pierre surenchérissait :

— Je te dis, il est formidable. Il trouve tout de suite les mots. Quand il me lisait ce qu'il avait écrit, je fermais les yeux et je voyais les rues de Saigon où il n'a jamais fichu les pieds. Incroyable, non ? Le véritable auteur, le voilà.

L'éditeur se tut pendant de longues secondes. Il se renversa brusquement au fond de son fauteuil, qui parut s'effondrer. Pierre esquissa un geste en avant, prêt à pallier un malaise.

— Vous pourriez nous en faire une centaine de pages supplémentaires ? Pierre relirait et garderait ce qui lui conviendrait. Oubliez que vous écrivez un livre de souvenirs. Oubliez tout. Partez, partez loin, je ne sais pas où, vous non plus, ce n'est pas le problème, mais il faut vous évader, dériver au fil des pages, avec vos mots, vos tripes, vos couilles !

Il fit un geste ample et montra la porte, avec violence, comme s'il voulait nous chasser. Il criait presque.

— Excuse-moi, Pierre. Tu comprends mon idée. On va glisser un peu vers la fiction. Ce n'est pas plus mal. Je veux dire, ça donnera du nerf au texte.

— Oui, je vois, admit Pierre avec plaisir. Il faut partir loin.

Il se pencha vers moi et me donna une petite claque sur la cuisse.

— Tu vas t'installer à la maison pour être tranquille, mon petit. Et tu ne t'occupes que du livre, d'accord ?

C'était la première fois qu'il me tutoyait. En quelque sorte, il m'invitait à pénétrer dans sa vie.

Lavernois habitait un appartement avenue de la République où rien n'avait bougé depuis des décennies. Il circulait dans les pièces comme s'il repérait les lieux avant d'en dresser l'inventaire : d'un pas rapide, et l'œil froid. Dans le salon, les bergères 1880 étaient recouvertes de housses. Des portes-fenêtres ouvraient sur une salle à manger de tonalité flamande, toute en boiseries, avec un lustre en cuivre. L'appartement de Marcel Proust. Couchait-il dans sa chambre ? On n'avait pas dû décrocher l'embrasse des doubles rideaux depuis leur installation. Un cabinet de toilette échappé d'un film en noir et blanc jouxtait la chambre.

Lavernois me conduisit au bout d'un couloir. Dans la cour, des tourterelles roucoulaient.

— Ces bestioles m'emmerdent depuis quarante ans. J'espère qu'elles te ficheront la paix. J'ai hérité de cet appartement à la mort de mes parents. Ma femme est partie quelque temps après. Je n'ai touché à rien. Tu dois t'en rendre compte. D'ailleurs, je n'y viens que pour dormir. Voilà ta chambre, si elle te convient.

Il ouvrit une porte. Une odeur de poussière chauffée par le soleil me sauta à la gorge. Le mobilier en pitchpin se composait d'un lit, d'une armoire et d'une table. La sobriété de la chambre surprenait, enclavée au milieu de ce fatras fin de siècle. J'avais l'impression qu'en me penchant par la fenêtre, j'aurais pu apercevoir le bassin d'Arcachon. « C'est l'ancienne chambre de mon fils. Elle non plus n'a pas bougé depuis son départ. » Pas un mot supplémentaire. Jamais Lavernois ne m'avait parlé de sa femme ou de son fils. Il n'y a pas de destinée limpide.

Il se levait tard le matin. Je l'entendais fourrager dans la cuisine alors que je travaillais depuis longtemps. Il venait me dire bonjour d'un pas traînant, en robe de chambre, un bol de café noir fumant à la main. « Ça va, Louis ? Déjà au boulot ? » Puis il faisait sa toilette, mollement. Les canalisations toussaient à l'autre bout de l'appartement. Je savais qu'il retardait le saut dans une journée qui l'angoissait. « Pendant toute sa vie, on idéalise sa retraite ; on visitera les musées, on commencera une collection. Tu parles. La retraite arrive, et on glandouille toute la journée », m'avait-il avoué un matin où il s'était assis sur le coin du lit avec son bol de café.

Parfois, je lui demandais des détails sur la vie en Cochinchine, l'hôpital de Saigon dans les années trente. Très vite, ses souvenirs se répétèrent et ne m'apportèrent plus rien d'utile pour le livre. Mais je sentais qu'il avait besoin de ces confidences. Il gardait la nostalgie de nos déjeuners des bords de Seine. Je faisais semblant, du mieux possible.

La conversation s'éternisait jusqu'à l'heure du déjeuner. Alors il se levait d'un pas lourd, dans son éternel costume gris, et sortait pour retrouver un ami au restaurant ou faire des courses. Il lui arrivait d'aller voir ses anciens collègues à l'hôpital, mais ils n'avaient plus grand-chose à se raconter. Quant à ses amis politiques, il n'existait plus pour eux car il avait commis la faute majeure : accepter sa défaite.

Certains jours, il traînait dans les rues. Lorsqu'il rentrait avenue de la République, il me proposait « un whisky au salon ». Puis, il faisait réchauffer une pizza ou une conserve et nous mangions sur nos genoux, devant un film à la télévision, avant qu'il aille se coucher. Je retournais écrire jusque tard dans la nuit.

Avec la permission de Lavernois, j'avais porté dans ma chambre un gros meuble en acajou qui renfermait une radio et un électrophone (un pick-up, disait-on à l'époque de sa commercialisation) et qui trônait dans le salon. Je repassais toute la journée les deux seuls disques que j'avais trouvés dans le bas du meuble, des 78-tours. Une sonate pour violoncelle et piano de Gabriel Fauré et le deuxième acte de *Pelléas et Mélisande* de Claude Debussy. Je trouvais que cette musique s'accordait bien aux lieux, et, malgré la proposition de Lavernois, je n'en avais pas pris d'autres dans le placard qu'il m'avait indiqué. À une heure moins le quart, je branchais la radio pour *Le Jeu des mille francs*. Lavernois, lorsqu'il était à l'appartement, venait me rejoindre et nous suivions ensemble les questions posées, le tintement du triangle, les applaudissements de la foule et les airs que chantonnait

Lucien Jeunesse lorsque la question était musicale. Les candidats étaient de qualité très variable. Un jour, Lavernois me dit : « Tu devrais te présenter, je suis sûr que tu gagnerais. »

Lorsque j'étais seul à l'appartement, je fouillais dans les commodes et les placards. La vie des autres m'a toujours intéressé, par différence avec la mienne. Mais comment les objets pourraient-ils nous restituer quoi que ce soit d'un temps passé, lorsqu'il n'a jamais été le nôtre ? Je froissais des étoffes, j'ouvrais des boîtes d'archives où étaient rangés des relevés bancaires, des factures d'eau et d'électricité. Je trouvais parfois des photos, mais elles demeuraient muettes. Qui étaient ces gens déguisés qui posaient en bas d'un escalier de villa banlieusarde ? Cette jeune femme très brune était-elle l'épouse de Lavernois ? Je tentais d'imaginer ce qu'avait pu être la vie entre ces murs lorsqu'il y avait, comme m'avait dit Lavernois, « une famille au grand complet, un chien, une bonne ». Mais il n'y a que dans les livres où les destinées se reconstituent à travers des albums jaunis. Et sortis des mots qui les portent, les mystères sont toujours ennuyeux.

J'écrivais à un rythme plus lent. J'imaginais des thèmes de nouvelles. Par exemple, l'histoire d'un jeune homme qui s'enferme dans un appartement désert pour écrire en faisant hurler toute la journée un vieux pick-up. Mais je renonçai bientôt. Je n'avais aucune imagination pour les œuvres de fiction. Il me fallait une trame décidée par d'autres, un fil conducteur, un contrat à remplir, comme les truands. C'est cela : je devenais tueur à gages. Ma spécialité : étouffer la vie des autres sous les mots.

Notre éditeur décida de publier le livre tel que nous l'avions composé. Lavernois était aux anges. Je ne l'avais jamais vu ainsi : drôle, mordant, combatif. Sur sa demande, j'avais ajouté dans la dernière partie une série de portraits vitriolés de ses anciens compagnons en politique. Il les relisait en riant aux éclats. L'éditeur fit parvenir les bonnes feuilles à la presse, et notre surprise fut le nombre important de demandes de prépublication qu'il reçut. Sur ce, Lavernois se commanda un nouveau costume en pied-de-poule très réussi, et accorda des entretiens aux journalistes avec un ravissement de provincial qui débarque à Paris. Il avait rajeuni de vingt ans.

Il organisa une réception chez lui le jour de la mise en librairie. Des extras avaient disposé des fleurs, deux buffets, des chaises pliantes recouvertes de velours rouge. Les fenêtres étaient ouvertes sur l'avenue de la République. On ne m'adressa pas la parole, sauf, par politesse, les quelques personnes auxquelles Lavernois me présenta comme « un ami ». Quelques vieux copains de la Résistance lui firent l'honneur de leur visite. La journée, qui commençait à se languir, repartit en flèche. Ils se répandirent en histoires cochonnes auprès de la femme de l'éditeur et tentèrent de compromettre Lavernois en racontant des horreurs à qui voulait bien les entendre. L'un d'entre eux, qui buvait sec, me confia : « Poser des bombes et bricoler des détonateurs, ça vous colle la pêche pour toute une vie. »

À cette réception je fis la connaissance d'Olivia Lavernois, que son père avait évoquée une seule fois, en me disant « qu'il ne s'en sortait pas, avec elle ». Elle m'aborda comme si elle m'avait vu la veille (Lavernois lui avait-il parlé de moi ?). Elle avait exercé plusieurs métiers : attachée parlementaire de son père lorsqu'il était député, puis antiquaire, et enfin collaboratrice de l'ami éditeur. Au départ, elle avait fait des études d'infirmière, pour aller soigner les enfants d'Afrique. Comme elle s'était mariée, elle n'était jamais partie. « J'ai un itinéraire en dents de scie », me glissa-t-elle en se penchant vers moi comme si elle me consentait une confidence mendiée depuis des heures. « Mais je ne me plains pas. Je n'aime pas les vies trop simples. Et vous, racontez-moi », me demanda-t-elle avec gourmandise. Je lui répondis que je n'avais aucun itinéraire, que je ne possédais aucune vie, ni simple ni compliquée. Elle s'étonna. Je me lançai dans l'improvisation, pour voir combien de temps elle tiendrait.

— Je me lève le matin, je me couche le soir. Entre-temps, j'écris. Je vis seul. Je me nourris parce qu'il le faut. Je ne sors jamais, les promenades m'ennuient. Je n'aime pas entrer dans un magasin. J'écoute toujours la même musique, jusqu'à ce que le disque soit fichu. Je ne m'achète rien. Le peu d'argent que j'ai gagné dans ma vie, je l'ai placé en sicav. Je n'ai pas d'amis, et lorsque je m'en fais, je les perds de vue rapidement. Tant mieux. Les gens me déçoivent. Je dis ça tout en ignorant ce que j'attends d'eux.

» Je n'invente rien, ni ce que j'écris, ni ce que je pense, ni ce que je suis. Je fais comme on me dit de faire. Par exemple, l'idée d'écrire sans avoir fait mon lit et ma toilette m'est insupportable. Eh bien, même cette idée ne m'est pas personnelle. Elle appartient à Marguerite Duras, qui a fait cette confidence dans une interview que beaucoup de gens ont trouvée ridicule. Moi je l'ai adorée, parce qu'elle ne parlait que du dérisoire de l'existence, c'est-à-dire du plus important.

» Car j'ai oublié de vous avouer cela : je possède une capacité incroyable, illimitée, à admirer certains êtres, surtout lorsque ce sont des écrivains. Ils pourraient me mener au bout du monde s'ils me le demandaient. En un mot, il m'est impossible d'exister par moi-même. Je suis un être par procuration.

— Vous me dites que vous n'existez pas, et toutes vos phrases commencent par *je*.

Elle me regardait de ses yeux froids, gris comme son père, mais avec une teinte de bleu. Ses cheveux étaient châtain clair. À tout point dc vue, elle était plus grande que moi : en taille, mais aussi en âge, et donc en maturité. Elle avait aussi fait plus de choses, mais cela ne m'impressionnait pas. Sa remarque l'avait réjouie. Elle la savourait avec l'air de quelqu'un qui songe : moi, on ne me la fait pas. Elle possédait ce que certains hommes appellent « du chien » : quelque chose entre l'allure et la présence sexuelle, à défaut d'une vraie beauté. Les secondes passèrent dans le silence.

— Est-ce que je peux revoir la chambre de mon frère ? Papa m'a dit qu'il vous y avait installé. Il y a des années que je ne suis plus venue ici.

— La vôtre ne vous intéresse pas ?

— Pas le moins du monde. Elle n'a pas changé, je la connais par cœur. Mais je suis curieuse de voir où vit le garçon qui a remplacé mon frère dans l'existence de mon père. Parce que vous vous mettez à la place des êtres plus que vous ne le pensez, et pas seulement en mots. Ma remarque vous étonne ?

Je n'ai rien répondu. Nous sommes allés vers la chambre de son frère, comme des gosses qui s'échappent d'une réunion de famille ennuyeuse sur la pointe des pieds. Je ne savais rien non plus de ce frère, sauf qu'il était mort dans un accident de voiture, plusieurs années auparavant. Mais leurs histoires de famille ne m'intéressaient pas. Cela tombait bien, car ni Lavernois ni Olivia n'étaient expansifs sur le sujet. Certaines lames de parquet du couloir avaient pris du jeu et faisaient du bruit. Je les évitais en les enjambant. Olivia m'a demandé si je jouais à la marelle. Je lui ai répondu : pourquoi pas, ce serait agréable de sauter jusqu'au ciel. Nous avons ri de bon cœur.

Lorsque j'ai ouvert la porte, elle a marqué un temps de surprise. La pièce était si remplie de meubles (outre le pick-up, j'avais déplacé du salon un fauteuil et une bibliothèque) qu'on pouvait à peine y pénétrer à deux. Elle a dû creuser le dos et les reins pour que je puisse refermer la porte. Nos regards se sont pris l'un l'autre, en se disant en une fraction de seconde plein de choses très fortes.

Les mois passés avenue de la République ont constitué la période la plus tranquille de ma vie. J'aurais dû rester là, à écrire tout en écoutant la même musique. Olivia aurait continué à me rejoindre le soir, un peu clandestinement, et nous aurions passé la nuit ensemble, comme nous l'avons fait pendant quelques semaines. Lavernois n'était presque jamais à l'appartement, sollicité aux quatre coins de France par la promotion de son livre. Quand il passait, la fête reprenait : restaurant, anecdotes, whisky tard dans la nuit au salon, des rires, une enfance éternelle.

On était au début du printemps. Je ferme les yeux et je retrouve cette sensation de chaleur molle lorsque les jours rallongent et que les arbres commencent à reverdir. Je n'avais plus rien à écrire. Je lisais toute la journée les dix-neuf volumes du *Journal littéraire* de Paul Léautaud que j'avais trouvé dans le bureau de Lavernois. Il n'y avait que la vie de ces années qui m'intéressait. Ce que Claudel avait raconté à Gide de ce qu'il avait entendu dire à propos du comité de lecture de Gallimard. Et que pensait Léautaud du dernier livre de Henri de Régnier ? Question fondamentale. De telles intrigues valaient tous les romans policiers que j'avais dévorés jusqu'à dix-huit ans. Je laissais la fenêtre ouverte sur la cour où les tourterelles roucoulaient de plus belle. Les heures passaient sans que je m'en aperçoive.

Parfois, dans la torpeur de l'après-midi, je songeais à Olivia. Je retrouvais les jolis seins ronds, la cambrure des reins, l'ampleur des hanches. Ce corps rêvé m'évoquait mieux que toutes les photos les sculptures crétoises, à la fois gracieuses et lourdes. Je prononçais pour moi seul des mots que je n'ai jamais osé lui dire : je n'ai pas besoin de voyager, parce que c'est toi mon voyage, ma croisière, mon évasion. J'avais envie qu'elle soit là pour la serrer dans mes bras.

À cette époque, j'ai cru réellement qu'une existence ordinaire était à ma portée. Je n'avais même pas à imaginer un futur. J'étais si heureux que je pensais : je vais fermer les yeux, mes mains vont lâcher le volume que je tiens, et je mourrai, comme ça, sans m'en rendre compte. J'aurai réussi cet exploit inconnu mais gigantesque de sortir de ma vie avant même d'y avoir pénétré.

L'éditeur avait prévu un tirage de dix mille exemplaires. Chiffre insensé, selon le service commercial qui ricanait sur les amitiés politiques du patron. Mais le livre de Lavernois se vendit à quarante mille, « sans les clubs ni les poches », répétait l'éditeur qui était ravi d'avoir doublement gagné son pari : le livre marchait au-delà de toutes les espérances, et la collection était lancée.

Le docteur fut le premier surpris. Puis il se fabriqua une explication. « On n'en trouve plus beaucoup sur le marché, des gars qui ont commencé leur vie politique à Londres en 40. Alors, forcément, quand il y en a un qui passe, on fait attention. Si le diplodocus du Jardin des Plantes partait en balade, tu peux être sûr que ça déplacerait du monde. »

Quant à l'éditeur, il me signa avec élégance un gros chèque, « que je vous remets à une seule condition », ajouta-t-il en immobilisant sa main, geste qui me transforma aussitôt en un chien à qui on offre un sucre pour faire le beau (encore une scène à la Gainsborough) : « Que vous intégriez notre équipe au sein de la collection. »

J'ai pris mon air d'élève appliqué. Il me demande peu d'effort et simplifie toujours la tâche de mon interlocuteur : les mots difficiles sortent plus vite. « Vous vous doutez de ce que je vous propose : le même travail avec d'autres livres. » J'ai sauté sur l'occasion. Au début, la sympathie pour le docteur était entrée en compte. Ou bien l'ennui de ne rien faire, la lassitude de l'agrégation, le mépris pour les magouilles de Charles-Hubert, je ne sais pas. Bref, le mieux était que les événements continuent ainsi. Seule comptait la possibilité de travailler chez moi, pour organiser mon temps librement. Par exemple, écrire toute la nuit si je le désirais. « Pas de problème », répétait l'éditeur qui coupait court à mes phrases maladroites. Nous avons mis rapidement au point les modalités de ma collaboration : les consignes de départ, les rémunérations, « les délais de livraison ». Je me suis vu l'espace d'un instant en livrée, un carton à la main, frappant à la porte d'un immeuble des beaux quartiers. L'image, fugitive, disparut. L'entretien s'acheva par de grands sourires de part et d'autre. L'éditeur me raccompagna à la porte de l'ascenseur, la main sur l'épaule, en me parlant de sa prochaine tournée des golfs écossais dont l'idée l'excitait comme un gosse.

J'ai rangé mes affaires dans une malle-cabine achetée avec le chèque que Charles-Hubert, grand seigneur, m'avait envoyé dès le lendemain de sa victoire municipale. Un bel objet en peau de buffle, avec des coins en cuivre et des barres d'appui en acajou. On ne voit plus guère ce type de bagage qu'en photographie ou au cinéma. Il suscite aussitôt des images de paquebots ou de trains légendaires. Par des papiers coincés au fond d'un des tiroirs, j'ai su qu'elle avait appartenu à un ingénieur qui travaillait à Hanoi. Cela avait amusé Lavernois, qui m'avait parlé de « signe du destin ». Toutes mes affaires personnelles tenaient dans les quatre tiroirs et la penderie. Dans l'un d'eux, un inventaire daté du 27 mars 1938 mentionnait, entre autres, « une robe crêpe noire et dentelle de soirée avec sous-jupe, une robe tennis bleu marine rayé blanc ». Ce carton m'avait fait rêver. Une vie morte ressemble souvent à une naissance de livre possible.

Quand j'ai quitté l'appartement, Lavernois était triste. Il s'était imaginé que je continuerais à vivre chez lui, même de façon épisodique, « comme si c'était un pied-à-terre », me dit-il. Mais la page était tournée. J'ai replacé le pick-up, les disques, le fauteuil et la bibliothèque au salon. Tout se retrouvait exactement dans le même état qu'à mon arrivée.

Je me suis installé dans un hôtel près de la porte de Champerret, en face des arrêts d'autobus. Les endroits qui cachent leur jeu me plaisent. On croit qu'il ne s'y passe rien. On a tort. Ainsi, ce quartier dénué de nom paraît sans histoire. Mais en me promenant dans les petites rues, j'ai découvert d'étroits hôtels construits il y a un siècle pour des actrices ou des cocottes, des coins oubliés de vieux village, des magasins pour accessoires automobiles où personne ne semble avoir pénétré depuis des années. Pas loin de mon hôtel, il y a une rue au nom mystérieux et chantant où j'aimerais bien habiter, la rue Aumont-Thiéville. Les ateliers d'artiste s'y succèdent derrière des façades de brique et de poutrelles métalliques. À l'intérieur, j'imagine que la lumière du nord réduit les objets et les espaces à n'être qu'eux-mêmes. Cela doit être reposant.

Un peu plus loin, on tombe sur le quartier de Monceau. Mon plan consiste à changer de monde en traversant un carrefour. À cinquante mètres du gros immeuble de la Banque de France, boulevard Malesherbes, je sais qu'il y a des façades en plâtre avec, au rez-de-chaussée, une vieille quincaillerie, un magasin de jouets, des marchandes de primeurs, une fleuriste installée dans le hall d'un immeuble.

Parfois je marche jusqu'au bout du boulevard Pereire, vers la gare de Pont-Cardinet et le quartier des Batignolles. J'ai l'impression de me promener en province, dans les rues d'une sous-préfecture. Même les immeubles ont une hauteur et une apparence générale différentes des autres quartiers parisiens. Quand je me suis installé à l'hôtel, les grandes vacances avaient vidé les artères. Je m'asseyais dans un square. Je restais plusieurs heures à regarder les rares passants, les mères de famille à landau, les voyageurs égarés, sac au dos, absorbés dans *Le Guide du Routard*, les étudiants qui révisaient leurs examens de septembre. Les gens se montraient respectueux de l'ordre du monde et attentifs aux autres, mais sans affectation. Le rythme profond des choses demeurait la lenteur, sur fond d'éternité. Les écrivains avaient encore de beaux jours devant eux.

Dans ma chambre, les volets fermés filtraient la lumière et la chaleur. Toute la journée, je lisais le *Journal* de Léautaud dont Lavernois m'avait fait cadeau. Après, ce serait le *Journal* de l'abbé Mugnier et celui de Gide. Ensuite je remonterais vers les Goncourt. Je ne perdais pas non plus de vue les problèmes du théâtre héroïque que l'agrégation m'avait permis de découvrir. Pourquoi ne pas composer un traité des vertus cornéliennes ?

Olivia m'écrivait depuis son lieu de vacances. Elle me parlait de plage, de baignade, de restaurants de fruits de mer. Elle éprouvait de la difficulté à terminer ses lettres avec le dosage correct d'affection et de pudeur. Dans un texte, c'est l'ambiance la plus difficile à trouver. Aujourd'hui encore, malgré ce que je peux appeler mon « métier », je suis gêné lorsque je dois écrire un passage dans cette tonalité-là.

Les manuscrits ont commencé à arriver vers la mi-septembre. Tout de suite, j'ai retrouvé les délices du montreur de marionnettes, comme au temps du journal électoral de Charles-Hubert.

D'abord il fallut reprendre tous les souvenirs d'un journaliste vedette de la télévision qui écrivait comme un pied. Trois semaines de travail avant de pouvoir rouvrir le *Journal* de Léautaud. Mais l'éditeur ne me laissa pas le temps de souffler. Quelques jours plus tard, je reçus un autre texte. Ensuite, les manuscrits ne s'arrêtèrent pas, et je devins cet être étrange auquel rien ne m'avait préparé, un stakhanoviste de la biographie.

Un metteur en scène qui racontait des anecdotes théâtrales ne me demanda qu'un travail de maquilleuse : un peu de rouge à lèvres par-ci, un peu de noir aux yeux par-là. Puis, un général livrait ses souvenirs de la guerre d'Algérie. Je me suis aussitôt égaré dans les sables des dates, des événements, des personnages. Il me fallut plusieurs ouvrages historiques pour échapper à la mort lente en plein désert, et reconstituer le fil du récit.

Les autres manuscrits se confondent dans ma mémoire. Je ne faisais qu'écrire, tout le temps. Allonger, raccourcir, recoudre, déplacer. Le nègre se métamorphosait. De montreur de marionnettes, il devenait un employé des pompes funèbres qui doit redonner une physionomie acceptable à un cadavre défiguré.

Par bonheur, je ne connaissais la plupart des auteurs qu'à travers leurs textes. Mais certains avaient souhaité me rencontrer. Je détestais cette atmosphère de rendez-vous mafieux. Ils regardaient derrière eux pour s'assurer de ne pas être écoutés. La paranoïa des gens connus est sans limites. En plus, ces conversations de salon faussement naturelles étaient inutiles. On les avait payés cher pour écrire des souvenirs, et on me demandait de mettre l'ensemble en forme. Le contrat était clair. Pourquoi finasser ? Au mieux, on passerait du style de *France Dimanche* à celui du *Figaro Magazine*. Mais on resterait dans un environnement de lecture pour plage, T.G.V. et salons de coiffure. En un mot, assez loin des *Mémoires* de Saint-Simon ou du *Journal* d'Anaïs Nin.

Face aux textes, je me retrouvais donc seul. C'était bien ainsi. Leurs auteurs étaient toujours de trop. Il n'y eut qu'une exception, et je ne risque pas de l'oublier. C'est à prendre ou à laisser, avait exigé le cardinal avec son entêtement suave : ou je travaille avec votre collaborateur, ou je ne signe rien. Pour mon malheur, l'éditeur avait accepté.

Le cardinal mêlait le perfectionnisme à l'incompétence. Il m'a ainsi permis d'apprendre toutes les ficelles de mon métier. Quand j'avais du mal à le supporter, je me répétais : Louis, tiens bon, tu sortiras grandi d'une telle épreuve. Comme disait Lavernois : un soldat qui a survécu à la cuvette de Diên Biên Phu n'a plus rien à redouter de la guerre.

Au début, je le trouvais sympathique. Il arrivait chaque matin vers dix heures, vêtu de son survêtement de jogging, et me lançait un grand bonjour avec un sourire jusqu'aux oreilles. Nous partions nous promener, en discutant à bâtons rompus. Les détails de la rue l'émerveillaient : un « bon café » à une terrasse, le sourire d'un enfant, la vision d'une fleur poussant au pied d'un arbre. « Vous voyez, la vie est plus forte que tout », susurrait-il avant de clore les paupières pour une action de grâce.

Il abordait les passants en leur demandant s'ils étaient heureux. Les passants ne se révoltaient pas. Dans ces moments-là, je regrettais de ne rien comprendre à la joie de vivre et à la contemplation du ciel. Son professionnalisme me bluffait. Il parvenait à créer l'illusion par la parole beaucoup mieux que moi par l'écrit. Son arme absolue : la naïveté. Au bout de trois jours, je me rendis à l'évidence. Il était mon maître.

Les choses se sont gâtées lorsque nous avons commencé à travailler le manuscrit. Il me proposa d'abord de réfléchir sur ses notes (« J'écris tout depuis l'âge de douze ans. Tout, vous entendez, absolument tout. Même des événements assez impudiques. ») Mais le contenu des cahiers d'écolier qu'il m'apporta était affligeant. Des réflexions sur les animaux, la santé de sa grand-mère, la campagne aperçue depuis un compartiment de chemin de fer lors d'un pèlerinage à Lourdes. Je parvins à le faire renoncer aux centaines de pages pour lesquelles il avait déjà un titre : *Comment je suis tombé amoureux de Jésus*. Cela fut plus facile que prévu, car le doute l'envahissait à la relecture de ses souvenirs. Parfois il levait vers moi ses yeux clairs comme de l'eau et me confiait, dans un murmure souriant : « Mon Dieu, comme il est difficile d'écrire vrai. »

Un matin, il arriva triomphant.

— Louis, depuis hier soir je suis un homme neuf, vierge et pur.

Mon inquiétude monta d'un cran.

— J'ai détruit tous mes cahiers. Seul mon orgueil parlait là-dedans. Alors je me suis dépouillé de mon orgueil comme d'un vêtement plein de vermine, et je l'ai brûlé. Maintenant, Louis, vous et moi nous parlerons. Ce sera le souffle de l'esprit qui nous inspirera, et non plus l'orgueil dicté par Satan.

Le jour même, j'ai acheté un magnétophone au Prisunic, à l'angle du boulevard. Pas question de noter ses élucubrations au fur et à mesure. Je lui ai expliqué la méthode : « On définit des sujets, vous parlez, ça enregistre. Je fais le tri après, et on compose le livre. » Il s'est mis à grommeler, dents serrées :

— Redites-moi cela : vous faites le tri ? Parce que vous savez, vous, séparer le bon grain de l'ivraie ? Heureux homme, qui connaissez la limite entre le neuf et l'usé, homme assez riche pour jeter des mots aux ordures !

Il n'a plus cessé de m'énerver depuis ce jour. Il tripotait l'appareil, le micro, la prise électrique, effaçait la cassette par inadvertance, en s'écriant : c'est merveilleux, toute cette technique moderne. Il tenta même de me faire écouter des enregistrements de chants d'oiseaux. Je tins bon. En représailles, je décidai de me moquer de lui. Peine perdue.

— Vous savez qu'on commercialise même des appareils avec le son et l'image ?

— Vous voulez dire des ordinateurs ? Des choses qui fonctionnent toutes seules ? On appuie sur le bouton, et hop ?

— Non. Ils appellent ça des téléviseurs. Certaines personnes utilisent aussi une abréviation : des télés.

— Louis, vous n'êtes vraiment pas gentil avec moi.

— Non, mon Père. Et si vous continuez à jouer avec ce magnétophone au lieu de travailler, je vous appellerai Monseigneur, comme l'exige la hiérarchie catholique. Voilà.

La seule façon d'avoir la paix était de le traiter comme un gosse de maternelle. Je repensais aux bonnes sœurs qui, au collège, jouaient à chat entre elles à la sacristie en pouffant de rire. J'avais honte.

Le livre n'avançait pas. En l'écoutant au fil des heures, je ne parvenais à lutter contre le sommeil qu'en pensant aux seins d'Olivia. Cela me donnait des idées. Je tentais le tout pour le tout. Pourquoi ne pas évoquer la fille des concierges de ses parents qu'il avait embrassée à quinze ans, par exemple ?

— Non, Louis. N'écrivez pas ça, avait-il tranché, péremptoire et attristé. Ou alors, allons jusqu'au bout, mais nous choquerons les lecteurs, je vous préviens.

— Je vous écoute, mon Père.

Mon ton était celui du confesseur. Attentif, mielleux, doucement permissif. Pour tenir le coup au milieu de cette infamie, j'appelai au secours Olivia. L'image passa, en trombe, créant un grand courant d'air frais. Vas-y, plus fort, criait-elle, yeux clos, penchée au-dessus de moi.

— Voilà. Le jour où le jeune homme que j'étais a embrassé cette petite, j'ai senti monter en moi un désir violent qui m'attirait vers elle. Seulement, voyez-vous, ce n'était pas elle que j'aimais. Je l'ai compris aussitôt.

— Vous voulez dire que vous étiez plutôt attiré par sa mère ? Le charme rassurant de la femme mûre ?

Si l'écriture marchait mal, je pourrais toujours recueillir les confidences des auditeurs, tard dans la nuit, sur une radio locale. Un peu d'Œdipe, un peu de psychosomatisme, et le tour serait joué.

— Pas du tout. En embrassant cette petite, si faible, si désemparée dans mes bras, j'ai compris que l'amour terrestre était un amour misérable s'il n'était pas transcendé par l'amour divin. Vous croyez que nous pouvons écrire cela dans le livre ?

— C'est osé, mais ça passera. Prenons le risque.

Un autre jour, il ne put supporter mon étonnement devant ses déclarations en faveur des pédophiles, des sadomasochistes, des criminels en tout genre.

— Eh bien, me dit-il en me fixant de ses yeux ahuris, je ne comprends pas votre retenue, ce sont des êtres comme les autres, la main de Dieu est posée sur eux comme sur vous, vous savez. Qui croyez-vous que nous soyons, vous et moi ? Un vieil homme qui radote à raconter ses combats pour la justice devant un jeune écrivaillon ? Et vous trouvez ça plus respectable ?

Sa violence, soudain. C'est cela que j'aurais voulu pouvoir écrire sur lui : le mépris de l'autre enrobé dans le sirop de la générosité, ce carcan de haine déguisée en respect. L'amour de Dieu à toutes les sauces, seul capable d'excuser à ses yeux l'existence des hommes, misérables merdes. Je n'ajoutai plus un mot, parce qu'une fois il s'était emporté contre « le désordre de ma vie privée ». Selon lui, le choix d'habiter à l'hôtel signifiait que je ne voulais pas fonder un foyer chrétien.

— Mais non, mon Père. Seulement le mépris des choses matérielles.

— Je vous en prie, Louis, je vous en prie. N'en rajoutez pas.

Il nous fallut six mois pour arriver au terme d'un manuscrit de cent cinquante pages, y compris le cahier photos. Le cardinal rouge avec des prisonniers, avec des travelos, serrant la main de Fidel Castro, de Sammy Davis Junior, d'Yves Mourousi, arpentant la grande muraille de Chine, assis sur une couverture dans un squat, répondant à des journalistes devant les Folies-Bergère, signant une pétition pour la libération de Mandela. Des dizaines de photos de lui défilant contre ceci, pour cela, vedette incontournable d'un show qui durait depuis vingt ans, avec son sourire immuable de grand niais, sirupeux, insupportable.

Lorsque enfin j'ai apporté le manuscrit à l'éditeur, celui-ci m'a glissé, entre deux portes, tandis que le téléphone sonnait et que sa secrétaire lui passait une note :

— Ne vous faites pas de souci, Louis. On s'en fout de ce qu'il raconte, le vieux. On vendrait n'importe quoi sur son nom. Même des pages blanches. C'est comme Cousteau ou Jacques Martin. La version éditoriale de l'emprunt Pinay.

J'avais raison. À Diên Biên Phu, il suffisait de tenir. Même si cela ne servait à rien. Désormais, je possédais le métier.

J'ai loué une deuxième chambre. Une installation de tables et de machines à écrire lui donnait l'aspect d'un local d'artisan. Fier de moi, je pensais : l'entreprise prend de l'extension.

Ma méthode de travail était rodée. Surtout ne pas rencontrer les signataires, sauf pour échanger trois banalités polies à une terrasse de café. Travailler seul, comme une brute, jusqu'à l'oubli de soi. Je lisais le manuscrit qu'on me confiait d'une seule traite, quelle que soit sa longueur, sans prendre de notes. Puis je le laissais de côté pendant plusieurs jours pour travailler sur un autre texte, en récrivant tout depuis la première page. Je menais le travail en plusieurs fois, alternant les manuscrits qui m'attendaient sur des tables différentes, passant de l'une à l'autre avec la décontraction d'un champion d'échecs qui conserve toutes les parties en mémoire tandis que ses adversaires suent sang et eau. Trois manuscrits, trois étapes successives. Et jamais de temps perdu. Le rendement est sacré.

Olivia s'était instituée intermédiaire entre notre patron commun et moi. Elle m'apportait les manuscrits, m'approvisionnait en papier, rubans de machine à écrire, crayons de couleur. Elle me transmettait aussi les impressions de lecture de la maison. Elle devenait de plus en plus maternelle. Comme nous ne vivions pas tout le temps ensemble, je ne cherchais ni à l'encourager ni à la dissuader d'agir ainsi. Mais je la tenais un peu à distance. Gentiment, car elle me plaisait toujours bien.

Les premiers temps, nous sortions le soir pour dîner dans un des bistrots du quartier. Après, ils sont devenus hors de prix ou ont laissé la place à des chinois et à des italiens. Nous allions donc dans des brasseries. Place Clichy, le Wepler était ouvert tard. Dans la journée j'écrivais aussi longtemps que je voulais, pendant qu'Olivia, dans la chambre d'à côté, lisait une revue ou écoutait la radio.

J'aimais bien le Wepler. Olivia s'y régalait de fruits de mer, et moi de grillades qui me rappelaient celles de l'auberge des bords de Seine où je déjeunais avec son père. Les glaces, sur les colonnes et aux murs, expédiaient les images jusqu'à l'infini, là où une courbure fait disparaître notre reflet dans la pénombre. Les mois passaient, j'enchaînais les manuscrits les uns aux autres, et devant les glaces du Wepler, je pensais : moi aussi, je multiplie mes images au fil de ces textes devenus impersonnels, je me perds dans une répétition toujours plus pâlie. Est-ce que je suis encore capable de me reconnaître, là-bas, tout au fond ?

Et puis un jour, ce qui devait se produire s'est produit. Je ne suis pas près de l'oublier. Plusieurs indices me conduisent aujourd'hui à penser que l'accident était prévisible. Une chose au moins est certaine : je n'ai rien vu arriver, ainsi que disent les conducteurs lorsqu'ils se réveillent à l'hôpital.

Depuis un moment, j'écrivais avec difficulté. Je faisais des rêves étranges. Des inconnus grattaient à la porte de ma chambre. Ils ricanaient en se moquant de moi : Louis, fainéant, incapable, pauvre mec. D'autres fois, ils agitaient des livres en poussant des hurlements. Comme ça pendant toute la nuit. Je me doutais que quelque chose d'antipathique se tramait. Bien sûr, je ne menais pas la vie de tout le monde. Mais comment poser pied dans une réalité qui n'était plus la mienne ?

Ce matin-là, j'ai pris au réveil une grave résolution que j'ai annoncée à Olivia : nous allions nous replacer dans le rythme des gens normaux. Petit déjeuner à huit heures, déjeuner à midi, dîner à huit heures. Un peu de marche ne me ferait pas de mal. Piscine une fois par semaine. Elle m'a regardé, sidérée.

— Les courses au supermarché, on les prévoit le samedi après-midi ou le jour de la nocturne ?

Son ironie m'a laissé de marbre. Le programme de remise en forme était bien arrêté. On commençait le jour même par un déjeuner au Wepler où nous irions désormais à pied, et non plus en taxi.

Il pleuvait. Nous sommes donc arrivés trempés. Je ne connaissais pas les garçons du midi. Notre table était prise. La lumière du jour, plombée par quelques appliques au néon dans le fond, était suicidaire. Tout semblait décalé. J'aime le moment d'abandon qui suit un dîner et vient mordre sur le temps du sommeil, créant d'emblée une complicité entre les êtres. Mais je déteste les fins de déjeuner, cette heure avachie où les chefs de rang discutent dans les coins, où la caissière somnole, où les odeurs écœurantes de fonds de sauce qu'on prépare pour le dîner montent des cuisines. J'ai toujours éprouvé après un déjeuner la sensation que le monde entier rentre en digestion laborieuse, à la recherche d'un second souffle pour durer jusqu'au soir. Le rythme de la vie normale n'est pas forcément agréable.

Nous ne nous sommes pas attardés. En partant, nous avons passé la porte de la Librairie de Paris. Là aussi, mon idée était de faire comme tout le monde. Quand il pleut, on s'abrite en attendant la fin de l'averse.

Il y avait des mois que je ne m'étais pas trouvé devant une telle accumulation de livres puisque je ne rentrais plus dans les librairies. Lorsque j'avais envie d'un ouvrage, Olivia me le procurait en service de presse. Pourtant la Librairie de Paris était agréable. Elle me rappelait mes promenades au Quartier latin, quand je feuilletais les nouveautés ou recherchais un vieux titre sur les étagères.

Nous nous sommes baladés dans les rayons, en touristes. Puis l'averse s'est arrêtée. Au moment de sortir (les catastrophes se produisent toujours à quelques secondes près d'être évitées), j'ai fait un détour vers la table où s'empilaient des volumes de souvenirs et vies de stars diverses pour voir où en était la profession.

Ceux auxquels j'avais collaboré étaient bien exposés. Cela confirmait ce qu'on m'avait dit à propos des ventes : elles étaient bonnes. Mentalement, je comptais combien d'ouvrages étaient sortis depuis que j'avais ouvert mon atelier, comme je disais. Sept, huit, neuf ? Les chiffres se brouillaient. Mais cela formait un ensemble dont j'étais fier, comme une maîtresse de maison qui est parvenue à composer une table avec des convives au départ mal assortis.

Alors, d'où venait le malaise que j'éprouvais à chaque livre que j'ouvrais ? Je l'ai compris au bout d'un moment. J'avais de plus en plus de difficulté à reconnaître ce que j'avais écrit. Tous ces textes m'étaient devenus étrangers.

— Normal, me dit Olivia. C'est le contraire qui serait inquiétant. Les livres sont sortis de toi, comme des fruits mûrs qui tombent de l'arbre.

— Au point de lire mes propres phrases comme si je ne les avais jamais écrites ?

— Excellent signe. Tu as désinvesti parce que tu es passé à autre chose de plus fort.

Plus forts, les souvenirs du champion olympique au quatre cents mètres haies ? Plus forts que quoi ? Que les élucubrations du cardinal rouge ? Olivia semblait connaître ces manifestations parapsychologiques. Elle travaillait dans l'édition depuis trois ans. Elle avait dû en voir de toutes les couleurs. Moi, je restais sceptique.

Il y avait un autre titre disposé sur la table, parmi les ouvrages de mon éditeur. J'ai senti qu'il était là pour me défier. Avais-je collaboré à celui-ci ? J'ai souri de mon doute. Non, je ne connaissais pas *Une vie pour la chanson*. C'étaient les Mémoires d'une interprète qui avait été populaire vingt ans plus tôt et tentait, régulièrement mais sans succès, un retour dans l'actualité. Par curiosité, j'ai ouvert le livre. Mes yeux se sont brouillés. Tout ce que je lisais avait été écrit par moi.

Je l'achetai et me précipitai à l'hôtel. Olivia ne comprenait rien. Moi non plus. Je feuilletai les chapitres. Le déroulement narratif, les séquences obligées (l'enfance difficile de la vedette, son passage au music-hall en lever de rideau, son premier triomphe à l'Olympia), tout y était. Mes mots, mes tournures de phrase, mes ficelles stylistiques, ma touche en quelque sorte. Je fermais les yeux au milieu d'un passage pour imaginer la suite. Je les rouvrais et reprenais le texte : la suite était celle que j'avais prévue, au mot près. Je poursuivais ma lecture, avec l'impression de retrouver par bribes un texte oublié depuis plusieurs années.

Au bout de deux heures, je reposai le livre sur ma table, dans un état second. Tout à l'heure, à la librairie, je ne reconnaissais plus ce que j'avais écrit. Et maintenant, un texte que je n'avais jamais vu devenait mon œuvre. Un singe qui retourne le miroir pour chercher l'autre singe. Voilà ce que j'étais devenu. Je transpirais à grosses gouttes. Olivia était descendue à la pharmacie acheter un calmant. Ça bourdonnait dans mes oreilles. J'ai perdu connaissance.

Quand le malaise s'est achevé, je n'étais plus rien. Ni moi ni quelqu'un d'autre. Personne. Je regardais des mains posées sur des cuisses, un visage dans la glace au-dessus du lavabo. Mon corps avait fichu le camp au loin. La seule chose qui m'apaisait, c'était d'entendre les inconnus gratter à une porte, au bout du couloir, en se moquant de Louis : fainéant, incapable, pauvre mec. Quelle importance, puisque ce n'était plus moi ? Dans la glace, le type que je ne connaissais pas a fermé les yeux.

Je me suis retrouvé au fond d'une cave remplie de livres du sol au plafond. Il y avait une baignoire, et mon moi, tout neuf mais cependant déjà bien vieux, s'écoulait par le trou, avec un bruit de succion que je trouvais répugnant. Avant de disparaître dans la canalisation, je me tournai une dernière fois vers les livres empilés dans la cave. Sur chaque tranche, je pouvais lire mon prénom : Louis. Il était placé entre parenthèses et m'adressait des clins d'œil. Je crois qu'en outre, il ricanait.

Les premiers temps, on me laissait dormir tard. J'en avais besoin. Puis, au bout de quelques jours, le rythme habituel a repris ses droits. On m'apportait mon plateau à sept heures et demie. Vers neuf heures, il y avait la visite de l'infirmière avec des médicaments. Elle me donnait des nouvelles régulières de sa famille, qui compte deux enfants, et plusieurs petits-enfants. Sa fille, Magali, attend son troisième. Si c'est un garçon, elle l'appellera Kevin. En sortant, elle pensait toujours à m'allumer la télévision. La télécommande fonctionnait mal.

Certains matins je regardais des dessins animés, d'autres jours, des feuilletons américains qui racontaient des histoires sans intérêt, toujours les mêmes. Des gens qui poursuivent d'autres gens, à travers villes et banlieues. Rarement la campagne. La campagne, c'est un thème cinématographique plutôt que télévisuel. Écrire un texte là-dessus, en la raccordant au héros cornélien.

Je me rendormais avec la télévision allumée. Preuve que les douze heures de sommeil ne suffisaient pas. En plus on me donnait des cachets pour dormir. Je n'étais pas d'accord, mais qu'y faire ? Personne ne m'avait demandé mon avis.

Parfois, je me mettais à pleurer. Qu'avais-je fait pour en arriver là ? On me bordait dans mon lit, des médecins en blouse blanche s'inquiétaient de savoir si je me sentais mieux. Le temps était mou et léger comme un coton. La nuit, des rêves étranges envahissaient mon sommeil agité. L'un d'eux revenait fréquemment.

Ma voiture tourne dans les rues d'un Paris désert, vers le quartier de l'Alma, là où les larges artères ne mènent à rien qu'à d'autres artères qui, à leur tour... Je cherche une adresse oubliée, avenue Marceau ou avenue d'Iéna, je ne sais plus. Sans transition je me retrouve dans un appartement inconnu, avec un ameublement stéréotypé du XVIIIe siècle, une moquette gris perle, de beaux objets tués par une décoration démodée. Une lumière pauvrette m'empêche de distinguer avec netteté les visages, tous cendreux.

Au bout de quelques minutes j'en identifie certains. Cocteau, Morand, Proust. Peu à peu ils émergent du flou de ce décor. Au moins leurs attitudes, car eux restent muets. Proust est allongé sur un canapé en tapisserie, sous un

Corot représentant un orage d'été et des personnages affolés qui tendent les mains vers le ciel. Il me regarde avancer vers lui. Morand est accoudé à une cheminée. Sur le marbre, il y a deux vases chinois montés en lampe, et le fil électrique de ces lampes est jaune, en tresse, comme on faisait avant-guerre. Morand tripote le fil. Il semble vouloir de ses doigts en épouser le mouvement, tout en hochant la tête. Au même moment, une main écarte l'un des grands rideaux et regarde en bas, vers la rue. À quoi songe Cocteau, vieil aigle aux lèvres pincées et à la tête couverte de cheveux en désordre ? Je regarde le visage absorbé, le nez droit qui s'est maintenant busqué, cette ride verticale, profonde, entre les deux yeux, le front bombé où saillent des veines bleues. De sa main libre, il retourne en un geste devenu machinal le bord de sa manchette de chemise dont il a dégagé le bouton de nacre. Alors le lourd rideau retombe sur la fenêtre, la lumière s'éteint et mes yeux s'ouvrent dans la nuit. Je comprends que ces rencontres sont impossibles. Je me rendors. Un poids m'étouffe la poitrine.

Il me reste peu de souvenirs de cette époque. Aujourd'hui j'ai peine à croire que mon hospitalisation a durée près de deux mois. Pierre Lavernois venait souvent me rendre visite. La première fois, il s'était assis au bord de mon lit, une jambe repliée sous l'autre, pied ballant, comme il faisait avenue de la République quand il venait discuter le matin dans ma chambre avec son bol de café à la main. La violence de ce souvenir en image m'avait ému jusqu'aux larmes. Je m'étais excusé en lui expliquant que je pleurais pour un rien, et qu'il ne fallait pas en tenir compte. Lui aussi était ému. Il avait posé sa main sur mon bras, en m'appelant : mon petit.

— Quand tu sortiras, tu viendras te requinquer quelque temps à la maison. On regardera des séries policières à la télévision en mangeant une pizza. Ils viennent d'en sortir une nouvelle, garnie d'un mélange de crème, de fromage fondu et de chorizo, excellente. Son nom fait rêver. Romantica, tu imagines. Un coup de chablis par là-dessus, et vive la France. Les tourterelles t'attendent aussi. Tu dois drôlement leur manquer, parce qu'elles n'ont jamais fait un tintamarre pareil. Mais tu vois comme la vie est drôle, maintenant je me suis habitué, elles ne me dérangent plus du tout. Autre chose. Je t'ai déniché une nouvelle interprétation de Fauré, vraiment bonne.

Il sortit un papier de sa poche, chaussa ses lunettes, lut en suivant du doigt, comme un élève appliqué :

— *Music for Cello*. Lowri Blake, cello, Caroline Palmer, piano. Des Américains. Ils ont mis une reproduction de Whistler sur la pochette, très bien aussi, tu verras. Une jeune femme en profil perdu, au bord de la mer. Chapeau avec voilette, robe blanche, ombrelle en dentelle, le genre Visconti, *Mort à Venise*, tout ce que tu aimes. La malle-cabine, en un mot.

Il accompagnait le moindre geste d'une conviction si joyeuse que j'ai compris combien je devais être mal. J'ai fermé les yeux. Il y eut un long silence.

— Je t'apporte une autre bonne nouvelle. Le livre continue à se vendre. Tu te rends compte, plus d'un an après sa sortie. L'éditeur n'en revient pas. D'ailleurs, tu lui manques beaucoup. Il a plein de boulot pour toi.

J'ai dit à Pierre que je ne recommencerais peut-être pas ce travail tout de suite, et que je n'avais ni l'envie ni la force de lui expliquer pourquoi. Simplement, je ne voulais plus entendre parler de livres pour le moment. Il a semblé gêné, puis il m'a approuvé, avec sa gentillesse habituelle :

— Je te comprends. D'après ce que m'a dit Olivia, tu ne faisais plus que vivre pour ces manuscrits qui te bouffaient l'existence. Au fur et à mesure des mois, c'était devenu une drogue. Et puis il est temps que tu fasses ta vie.

Quand il a prononcé ces mots, l'idée de « faire ma vie » m'est apparue aussi inquiétante qu'incompréhensible. Qu'entendait-il par là ? Me marier ? Avoir des enfants, fonder un foyer, prendre un métier comme tout le monde, choisir un appartement, des meubles ? Mais par où commencer ? J'avais certainement raté une étape, un jour. C'était il y a si longtemps que j'en avais perdu le souvenir. Depuis je vivais à côté de ce que le médecin appelait la réalité. Pourtant, je me souvenais de soirées de travail, au temps du lycée, dans la maison de mes parents, puis des vacances au bord de la mer en compagnie de Charles-Hubert, les sorties avec les filles, la lumière dorée de l'enfance et de l'adolescence, et la poussière des années qui se dépose dessus, tout doucement. Peu à peu j'avais dû m'assoupir dans une torpeur d'après-midi et de soirées vides, à rêver d'une vie que je n'entreprenais pas. Je repensais à la fin de mon rêve, lorsque Cocteau laisse retomber le rideau sur la nuit. Un jour, quelque chose était retombé sur moi, avec la même pesanteur ralentie. Lavernois me parlait toujours, de sa voix douce. Je ne l'écoutais plus depuis un moment. Dans mon demi-sommeil, j'imaginais ses doigts fins de tricoteuse.

Lorsqu'il venait, par la suite, je ne comprenais pas pourquoi il m'achetait tant de journaux, jusqu'au jour où l'infirmière m'a confié qu'on avait interdit aux visiteurs de m'apporter des livres. On m'avait aussi demandé d'écrire le moins possible, et de donner des nouvelles a mes amis par téléphone. À qui aurais-je donc téléphoné ? Je n'avais pas envie qu'on me sache dans cet état.

Un livreur apporta des fleurs envoyées par Charles-Hubert. La taille du bouquet étonna le personnel. Sur la carte, mon ami se disait « débordé par une vie politique qui s'emballait » et m'assurait qu'il viendrait me rendre une visite « dès que le rythme se ralentirait ». Probablement que le rythme ne s'est pas ralenti, car il n'est jamais venu. Dans un journal que m'avait apporté Lavernois, j'avais lu que Charles-Hubert figurait en bonne place sur une liste constituée par l'U.D.F. en vue des élections européennes. La courte biographie qui accompagnait la liste le présentait comme « un des jeunes espoirs du mouvement néolibéral ». Je pensais à mon arrière-grand-père maraîcher qui, tout en arrachant ses carottes, disait à propos du maire de Pithiviers, avec une moue des lèvres : « Celui-là, pour sûr qu'il taillera sa route. »

Olivia passait chaque jour à la clinique, parfois seule, parfois avec son père. Elle m'apportait des fleurs, des cartes postales pour envoyer à des gens dont je me moquais, un ballotin de chocolats. « Tiens, me disait-elle, ça te fera du magnésium sous une forme plus agréable que leurs pilules. Ça te requinquera. » Elle me tenait des propos que je suivais avec difficulté et qui évoquaient des épisodes de notre vie. Est-ce que je me rappelais telle soirée, telle promenade au parc Monceau ? Et la fois où nous avions envisagé de louer un appartement ? Je n'avais pas le souvenir d'un projet de location. Elle inventait un passé pour me venir en aide. Peine perdue. Les vies ne s'inventent pas comme je le faisais dans les livres. Je n'avais envie que d'une chose : elle. Le reste, toutes les salades qu'elle croyait bon de me raconter, je m'en moquais. Certaines fois, je la priais de se taire parce que j'étais fatigué. Elle devenait lointaine. Un jour, elle se mit à pleurer.

— Quand mon père vient, tu l'écoutes et cela ne te fatigue pas. Est-ce que tu crois que c'est agréable, pour moi ?

Quelque chose était en train de se casser entre nous. Qu'y pouvais-je ?

Un jeune interne, plus loquace que ses confrères, me parlait de surmenage, de mauvaise alimentation, de lassitude psychologique. « Rassurez-vous. Votre cas n'est ni exceptionnel ni grave. Encore quelques jours de repos, et vous repartirez comme si rien ne s'était produit. Vous avez eu un petit pépin, rien de plus. Si toutes les personnes qui entraient ici ne souffraient que d'overdose livresque, notre travail serait plus facile, je vous le dis ! »

Overdose livresque. Je devais être malade depuis un bon bout de temps. Du plus loin que je me souvenais, je me voyais en train de lire. D'ailleurs, lorsque le psychiatre me demandait de lui dire ce qui me passait par la tête, je ne trouvais rien d'autre à lui raconter que des romans. Un jour *La Chartreuse de Parme*, un autre *Le Lys dans la vallée*. « Quelle imagination », s'étonnait-il. « Je cherche du sens à tout cela », grommelait-il derrière ses moustaches. Il a découvert le pot aux roses quand j'ai commencé à lui résumer l'*Odyssée*. Encore un qui était convaincu que je me fichais de lui.

Du moins s'employait-on de tous côtés à me « requinquer », comme disait Olivia. Je dormais moins, je mangeais plus. La mi-mai arrivait. Le temps se faisait plus doux. Parfois j'allais prendre le soleil dehors, dans un jardin qui jouxtait la maison de repos. Celle-ci avait gardé de son passé religieux le charme des lieux où le siècle ne pénètre pas. On ne pouvait pas imaginer qu'au-delà des murs Paris s'activait. Ici, c'était encore la rive gauche telle qu'elle apparaît dans les vieux romans : un quartier à l'aspect provincial, avec des couvents et des hôtels abandonnés, où les ministères ont trouvé refuge afin de travailler au calme, et où les douairières font leurs courses dans des boutiques vides dont les parquets craquent sous les pas. Par les fenêtres ouvertes, je percevais dans le crépuscule les sonorités perdues d'un piano. C'était triste et tranquille comme un dimanche après-midi, après le gigot et la tarte aux pommes.

Au jardin, j'échangeais quelques mots avec des personnes qui me semblaient mal en point, regard fixe, attitude prostrée. Mais après les banalités sur la douceur du climat et la beauté des premiers iris, la conversation retombait vite. J'aimais m'asseoir sur un banc, au croisement de deux allées. Parfois un gros homme enjoué venait s'asseoir à côté de moi et me proposait une partie de gin-rummy, jeu auquel il était imbattable.

— Quand je prenais l'avion pour la Côte d'Azur, je m'arrangeais pour gagner mon billet au gin-rummy. Je repérais un homme seul, je m'asseyais à côté de lui et, après le décollage, je lui proposais une partie. En général, il gagnait la première. Ensuite, on intéressait le coup en misant une petite somme. Il perdait, il voulait sa revanche. Il était cuit. En une heure, je lui gagnais cinq cents balles.

Il se disait réalisateur de cinéma. Voilà peut-être la raison pour laquelle il aimait fumer de gros cigares, « des Roméo et Juliette n° I, il n'y a que ça de vrai », m'expliquait-il avec des sous-entendus de spécialiste. Malgré des apparences rassurantes, j'ai vite compris qu'il n'allait pas bien non plus.

Sa dépression trouvait son origine dans une insatisfaction professionnelle. Aucun des projets qu'il envisageait n'avait jamais vu le jour. « Alors, me confia-t-il, je reste dans l'alimentaire. Les moyens métrages. Vite fait, bien fait. » En réalité il n'avait jamais réalisé que des films promotionnels pour de grosses sociétés : E.D.F., la Régie Renault, Elf-Aquitaine. Par dépit de n'avoir pas réussi à monter les grands films dont il rêvait, il avait tendance à se prendre pour Orson Welles : un génie que l'ampleur de ses projets rendait incompris. « Tenez, par exemple. J'avais une idée formidable… »

Il partait dans le récit d'œuvres pharaoniques. La vie d'Attila, la chute de Constantinople, la retraite de Russie, toujours des catastrophes. Son imagination historique me berçait. Au bout d'un moment, j'avais froid et j'appelais un infirmier qui me passait une couverture. « Vous avez raison, me disait l'infirmier, il ne faut pas prendre froid, mais en même temps essayez de rester le plus possible au bon air. »

Un jour, tandis que nous tuions le temps en jouant au gin-rummy sur le banc, lui avec son gros cigare, moi avec mon plaid sur les épaules, j'ai éprouvé une sensation étrange. De loin, une femme nous observait attentivement. J'ai imaginé que nous étions à Yalta et qu'elle regardait le président Roosevelt en train de jouer aux cartes avec Winston Churchill. J'ai confié mon impression au réalisateur, à voix basse pour que la femme ne nous entende pas. Il m'a adressé un clin d'œil :

— Bien sûr. Le problème est qu'elle ne sait pas comment nous le dire. Vous pourriez peut-être lui écrire. Après tout, c'est votre métier, non ?

Nous avons ri tous les deux de ce malentendu. Par la suite, chaque fois que l'un de nous deux coupait les cartes, nous éclations de rire en disant : c'est le partage du monde.

Je suis sorti pour la Saint-Jean, le 24 juin. Quand je dis : sortir, je n'emploie pas le terme approprié à ma situation. On m'avait prévenu. Dans un cas comme le mien, l'angoisse n'est pas de quitter un lieu, mais de rentrer de nouveau dans la vie. Pierre était venu me chercher. Il avait tenu à porter mon sac de voyage. Le taxi attendait devant la porte. La tête me tournait. « Tu as de la chance, le temps est radieux, le soleil s'est mis de la fête. »

Nous longions les quais. Au niveau de La Défense, Pierre m'a parlé de la Grande Arche qui était alors en construction, et d'une histoire d'axe qui passait par l'Arc de triomphe, le Carrousel, le futur Louvre. J'acquiesçai, sans comprendre, pour ne pas le contrarier. Je sentais qu'il était heureux de m'expliquer ce qu'il savait, comme à un provincial qui arrive pour quelques jours. « Je t'ai réservé une surprise. »

Le taxi s'est arrêté devant l'auberge des bords de Seine. Notre table était joliment décorée, avec une nappe brodée, des fleurs et un seau à glace. La patronne est venue nous accueillir, et son mari est sorti de sa cuisine pour nous saluer et nous recommander les Saint-Jacques parce qu'il y avait eu un arrivage spécial le matin même à Rungis. « Alors, si la marée est arrivée, ça nous évitera de nous passer une épée à travers le corps », a remarqué Pierre en riant.

Le soleil brûlait. Les Saint-Jacques étaient délicieuses. Pierre parlait d'un lycée agricole, « en province, au calme, seulement à une heure de Paris par le train », où je me referais une santé. J'ai compris qu'il m'avait trouvé un poste pour la rentrée scolaire grâce à des amis au ministère de l'Agriculture.

— Il a fallu jouer avec le handicap de tes études inachevées. Tant pis pour toi. On attendra un peu pour la première chaire à Henri-IV ou Janson. Mais un lycée agricole, tu verras, ça possède son charme. Si, si, crois-moi. Un milieu sain, honnête. De gens travailleurs. Quand j'étais à l'hôpital de Châlons-sur-Marne, j'avais d'excellents contacts avec les patients et les familles, ce qu'on appelle des contacts francs, authentiques.

Le chablis commençait à me monter à la tête. Pierre était lancé. Les mots tournoyaient. Je ne suivais plus. Je tentais d'imaginer à quoi pouvait bien ressembler un lycée agricole, à une heure de train de Paris. En vain. Simplement je songeais que mon arrière-grand-père maraîcher aurait été fier que je fasse le professeur pour des gars comme lui, à une époque où les paysans ont la chance de pouvoir aller à l'école plus tard que dans sa jeunesse. De son temps, on mettait les gosses au travail à douze ans. Quand on devait écrire une lettre, on allait trouver le secrétaire de mairie ou le curé, selon son bord.

Château-Thierry occupe le fond d'une cuvette. La première fois, lorsqu'on quitte le plateau pour descendre vers l'agglomération, on se prend à rêver à des comices agricoles devant des maisons à colombages, à une pâtisserie-salon de thé regorgeant de spécialités locales, à un hôtel de ville fleurant bon l'encaustique et la tapisserie Renaissance. Mais d'un passé pittoresque ou glorieux, rien ne subsiste. Aucune trace de la province notable que des Parisiens pourraient imaginer derrière les sonorités pesantes et lumineuses de ce toponyme aristocratique. La ville, dévastée par les guerres, somnole dans un alignement de maisons identiques. Les rues sont désertes. Seule la zone commerciale, à la sortie de la ville, vers l'autoroute, s'anime chaque samedi. En vérité, de Château-Thierry et de ses habitants, joliment appelés Castelthéodoriciens, il n'y a rien de spécial à mentionner, sauf une bonne connaissance du vin de Champagne et de l'andouillette de Troyes.

Le lycée agricole domine la cité depuis les coteaux ouest. Construit dans les années soixante, il possède encore un internat à l'ancienne manière : alignement de lits en métal, rangée centrale de lavabos, box du surveillant. Sa notoriété lui attire en effet un public lointain, puisé dans les familles de betteraviers et d'éleveurs briards. Les salles de classe sont claires, hautes, bruyantes. Tout est en ordre grâce à un service d'intendance efficace. Au foyer des internes, un professeur de mathématiques organise des tournois de Scrabble et d'échecs tandis qu'un collègue d'histoire et géographie s'occupe du ciné-club. L'absentéisme professoral est faible, car, ainsi que se plaît à le répéter le proviseur à chaque conseil de classe, « l'équipe est fortement mobilisée autour de son projet pédagogique ». Une autre formule qu'affectionne le proviseur définit bien le lycée qu'il a l'honneur de diriger depuis quinze ans : « Notre fierté est d'être un établissement sans histoires. »

Par chance, mon emploi du temps était groupé sur trois jours. Les lundi, mardi et jeudi, j'enseignais le français à des élèves de première et deuxième année de B.E.P.A. J'arrivais à Château-Thierry le lundi matin pour mon premier cours, et dès le jeudi soir, je regagnais Paris en train. Je dormais trois soirs par semaine à l'hôtel, malgré les conseils du psychiatre de la maison de santé qui m'avait invité à « commencer une nouvelle vie, dans tous les sens du terme, y compris matériellement, et à reconstituer des racines ».

J'avais renoncé à lui faire comprendre que j'affectionnais moins le provisoire que je ne détestais le définitif. « Vous êtes trop compliqué pour moi », grommelait-il en souriant derrière sa moustache épaisse. « Tout de même, prenez garde à votre équilibre. Il est encore fragile. Continuez votre traitement. Et surtout, lisez le moins possible, n'écrivez que le minimum. Ne retombez pas dans votre schizophrénie, à ne plus savoir qui est l'auteur, qui est le héros, etc. Terminé, les jeux de rôles en série. À marcher sur une corde raide, on finit toujours un jour ou l'autre par se casser la figure. »

L'hôtel était proche de la gare. Comme les touristes qui viennent passer leurs vacances à Château-Thierry sont rares, il était surtout fréquenté par des représentants et quelques autres jeunes professeurs venus de Paris. La coutume établie était que les enseignants du lycée général ne parlaient pas avec ceux du lycée agricole. Mais je n'y allais que pour dormir et je ne croisais jamais personne. Par suite d'un arrangement avec l'intendant, je prenais tous mes dîners et petits déjeuners au lycée, en compagnie des surveillants. C'était un souci de moins, et comme cela je pouvais corriger mes copies sur place ou préparer quelques cours.

Les directives de l'inspection pédagogique indiquaient qu'il fallait « travailler l'expression orale autant que l'écrit », faire participer toute la classe, choisir des thèmes de réflexion « riches et variés ». Aussi mon travail tenait-il de l'instituteur et de l'animateur socioculturel de quartier. Les deux heures passaient vite. Au bout de quelques semaines, une coutume s'instaura. Chaque séance s'achevait par la lecture d'un poème. J'ouvrais le livre que j'avais apporté, et, sans commentaire, je faisais la lecture du texte que j'avais retenu. Il tombait dans le silence de tout le poids de ses mots. Les élèves attendaient ce moment d'émotion. Quand je repense aujourd'hui à l'atmosphère recueillie des fins de cours, j'imagine que mes poèmes ont poursuivi leur cheminement mystérieux. Peut-être ont-ils infléchi l'existence de quelques-uns de ces grands adolescents qui m'écoutaient alors, sourcils froncés.

J'aimais bien mes élèves. Certains me tutoyaient. En salle des professeurs, les collègues parlaient de leurs vacances, du choix de leur prochaine voiture, des programmes de télévision. À l'approche des élections européennes, ils s'engueulèrent pendant des semaines. Je ne m'exprimais pas beaucoup, parce que je n'avais aucun avis sur ce qu'ils disaient. Mais leur manière de voir m'intéressait. Parfois, mon regard se perdait par la baie vitrée qui dominait la vallée. Les arbres dégarnis laissaient entrevoir au loin un long bâtiment blanc qui balafrait la forêt : le mémorial des soldats américains tués par milliers durant la Première Guerre, lors de la deuxième bataille de la Marne. Mes yeux s'embuaient et je pensais : moi aussi, je vais crever là, loin de tout, au milieu des forêts champenoises et des champs de betterave sucrière.

À Paris, Olivia m'avait accueilli chez elle avec une gentillesse de garde-malade. Elle se montrait toujours un peu bavarde mais en progrès. J'ai appris par la suite que son père lui avait demandé de me laisser souffler. Cet accueil était provisoire. Elle savait que je n'aurais pas accepté l'idée d'une installation durable. Cependant, malgré les incitations du médecin, je ne cherchais pas d'appartement. Mon idée était, une fois rétabli, de retourner vivre à l'hôtel de la porte de Champerret.

Je rentrais le jeudi soir épuisé, moins par mon travail à Château-Thierry que par les changements de rythme. J'avais plaisir à retrouver Olivia. L'éloignement donne des idées qui rendent un absent sympathique. Puisqu'on m'avait proscrit la lecture et que je gardais un souvenir maussade de la télévision ingurgitée à la maison de santé, nous allions au cinéma, tous les deux, sur les boulevards. Son père nous rejoignait parfois.

Nous aimions le grand écran du Max Linder, et les festivals qu'il proposait. À cette époque j'ai vu tous les films d'Orson Welles dont m'avait parlé mon ami à la maison de repos, et ceux de Godard. Olivia les appelait « des monstres sacrés ». Ces termes revenaient sans cesse dans sa bouche. Par exemple, elle justifiait sa nostalgie du passé par des formules comme : « Aujourd'hui, il n'y a plus de monstres sacrés comme ça » ou : « Marlon Brando et Kirk Douglas sont les derniers monstres sacrés du cinéma américain ». Elle énervait son père. Quand elle se répétait trop, il lui disait de « changer de disque » et forçait le pas pour marcher à quelques mètres devant nous. Je demandais à Olivia pour l'embêter si à ses yeux Claude Lelouch ou Sophie Marceau étaient des monstres sacrés. Non ? Charles Pasqua, André Lajoinie peut-être ? Eux non plus ? Qui donc, alors ? Alain Gillot-Pétré ? « J'ai plaisir à constater que ta santé et ton moral s'améliorent », coupait Olivia qui ne supportait pas mon humour.

Un jour, je lui promis de lui présenter un monstre sacré en chair et en os. À peine éclos de l'œuf, il était encore peu connu. Plus tard, elle accéderait donc à la jouissance suprême : pouvoir évoquer ces moments merveilleux lors des dîners en ville.

La rencontre avec Charles-Hubert eut lieu au Meurice. C'est à l'occasion de ce déjeuner que j'ai passé la porte du célèbre hôtel pour la première fois. Le *Journal* de Léautaud, que je recommençais à lire à doses homéopathiques dans le train de Château-Thierry, m'avait donné envie de connaître les lieux où Florence Gould conviait le Tout-Paris littéraire et artistique. Ce jour-là, Olivia était habillée et maquillée avec soin. Elle savait être éblouissante. Charles-Hubert est arrivé, virevoltant, décontracté, avec un « ça va, toi ? » à mon égard qui sous-entendait que nous nous étions quittés la veille.

Tout de suite, j'ai compris que j'avais pris un gros risque. Charles-Hubert dévorait Olivia des yeux. Le mieux était de les laisser parler. Dès l'entrée (un feuilleté d'asperges au beurre de cerfeuil, une préparation très fine, très légère, avait garanti le maître d'hôtel), elle lui expliquait l'édition et lui, la politique. Comment court-circuiter ce moment magique de la rencontre où chacun, croyant parler à l'autre, s'éblouit de ses propres paroles jusqu'à l'hypertrophie du moi ? Charles-Hubert faisait le paon, et Olivia roucoulait. Il allait falloir jouer serré. Ils ne s'occupaient plus de moi.

Puis on nous a servi le plat principal dans des assiettes recouvertes d'une cloche en métal argenté. Un ordre militaire régnait autour de la table. Chacun des trois serveurs a enlevé la cloche dont il avait la charge, au même instant, sur un clignement de paupière du maître d'hôtel, découvrant le gigot de mer braisé aux nouilles fraîches et aux légumes glacés comme chez soi, disait la carte. Ce fut un instant magique. Olivia et Charles-Hub redoublèrent d'admiration. J'ai essayé de revenir dans la partie avec une phrase qui tournait depuis un moment dans ma tête :

— Ici, la qualité est très suivie, je n'ai jamais été déçu.

Ils m'ont regardé pendant un court instant, balançant entre l'étonnement et le doute, puis ils sont revenus à leur sujet principal : eux-mêmes. J'étais fatigué. Je n'écoutais plus. Je repensais à un déjeuner où Florence Gould avait fait mesurer le tour de tête de Léautaud parce que son chapeau était mangé aux mites et qu'elle voulait lui en acheter trois. Léautaud n'avait trouvé nulle part de chapeaux qui lui convenaient, ni avenue Victor-Hugo ni chez Old England, où le chauffeur le conduisit. Et puis il s'était rappelé que le sien venait de La Belle Jardinière, mais n'avait pas osé le dire, se répétant après qu'il avait eu tort, etc.

À un moment, j'ai dressé l'oreille, car la conversation prenait un tour intéressant. Charles-

Hub rejoignait le tableau de Gainsborough dont les bienséances auraient exigé qu'il ne s'échappât jamais. Il redevenait le délicat chasseur qui guette le gibier, arme au pied et chien à ses côtés.

— Ne trouvez-vous pas que notre conversation trop sage présente un caractère incongru ?

— Comment ça, demanda Olivia qui, tout en pensant qu'il allait vite en besogne, imaginait déjà à quoi pouvait bien ressembler une chambre de l'hôtel Meurice vers quatre heures de l'après-midi, rideaux tirés.

— Eh bien, nous voilà à discuter comme deux vieux amis, alors que votre père et moi, nous nous sommes écharpés il y a deux ans.

— Je ne l'oublie pas du tout, se récria Olivia, déçue du tour que prenait l'affaire. Je peux d'autant moins oublier cette campagne que vous vous êtes montrés infâmes, Louis et vous. Toutes les saloperies, tous les coups bas, toutes les calomnies. Vous n'avez reculé devant aucun procédé.

— Comment voulez-vous faire, avec un adversaire d'une aussi noble qualité que votre père ?

— Vous vous fichez de moi, ou quoi ?

Voilà que Charles-Hub se mettait à voltiger sans filet, au sommet du chapiteau, dans la lumière des projecteurs croisés, face à un public qui retenait son souffle. Les serveurs apportèrent le dessert, dénommé : gouïre aux myrtilles dans la feuille de chou. De guerre lasse, aucun d'entre nous n'avait demandé d'explication. Nous regardions, muets, cette chose inconnue qui tenait du clafoutis rose et du chou farci. Car nos esprits étaient ailleurs, attendant la prochaine attaque de la fanfare aux accents de laquelle notre ami se précipiterait dans le vide pour saisir d'une main ferme le trapèze volant.

— Voyons, Olivia, comment pouvez-vous imaginer que je me moque de vous ? Votre père est un homme exceptionnel. Un grand chirurgien, d'abord. Si, si, ne protestez pas. Il en a sauvé plus d'un, et dans des conditions périlleuses. En disant cela, je pense à son action en Indochine. Et puis, c'est un honnête homme, au sens fort que notre XVIIe siècle donnait à ces mots.

Je reconnaissais mon style, tout en admirant que l'élève dépassât désormais son maître. Olivia tripotait avec sa fourchette la surface du dessert. Elle semblait réfléchir. À quoi ?

— Je veux dire que je respecte profondément votre père. Comme homme politique, et comme homme tout court. J'aurais pu être son disciple. Le sort en a décidé autrement, puisqu'il m'a désigné pour l'abattre.

Il envoya son fameux coup de poing dans le vide, avec un demi-temps de retard, comme le voulait la coutume. Puis il se pencha au-dessus de son assiette, très bas, captant le regard d'Olivia dans un murmure de confessionnal, dents serrées :

— Franchement, je vous le demande : croyez-vous qu'un homme d'une telle qualité puisse subir la défaite de tout le monde ? Non, Olivia, et vous le savez mieux que nous tous, ici. Votre père est indestructible par les moyens habituels. Il y a en lui quelque chose de l'énergie nucléaire. Cette énergie, soit dit en passant, qu'il contribua tant à imposer à la grande époque gaullienne. Je dis bien : gaullienne et non gaulliste. Parce qu'à mes yeux, ce n'est pas du tout, mais alors pas du tout pareil.

Elle hocha la tête avec lenteur. J'ai cru qu'elle allait se mettre à pleurer, ou sauter dans les bras de Charles-Hub. Il était à cet instant d'une beauté inouïe, renversante, divine. Mars sous les traits d'Apollon, ni plus ni moins.

— Oui, j'ai été méchant. Oui, j'ai été infâme. Pis, j'ai été moralement bas. Mais je vous interroge les yeux dans les yeux, Olivia : les mains que voilà avaient-elles d'autres armes à leur disposition ? Votre père me laissait-il la possibilité de l'abattre autrement qu'au milieu du chaos d'une corrida absurde ? Est-ce que l'horreur du moment où le taureau agonise n'est pas justifiée par ce qui suit, comme par ce qui précède ?

Le sens exact du trait final m'échappa. Mais je connaissais bien ce vieux Charles-Hubert. Je retrouvais son goût malsain pour la rhétorique creuse. Déjà, en seconde, il aimait farcir ses dissertations de métaphores dénuées de toute signification qui agaçaient notre professeur. Un peu de lycée agricole lui aurait fait le plus grand bien (« Préférez-vous le bricolage ou la promenade ? Expliquez les raisons de votre choix. ») Mais il s'acharna sur le taureau qui agonisait, mufle tourné vers un ciel devenu ténébreux :

— Vous savez comme moi, comme Louis, qu'il était lassé de cette vie. Mais l'honneur lui commandait de résister. Dans ces conditions, l'abattre sur le terrain de sa vie privée, c'était rendre hommage à sa vie publique. Son bonheur actuel n'existe qu'au prix de cette chute, qui lui a évité la honte du renoncement. Son livre n'aurait pas pu exister non plus sans cela. De cette défaite, il sort grandi. C'est lui qui accomplit le tour de l'arène sous les vivats et les fleurs. Pas moi.

Je voyais se pointer à l'horizon des histoires d'oreilles et de queue difficiles à assumer. Mais Charles-Hub se tut. Sous les claquements de fouet des aides et les grelots des mules, le corps ensanglanté de Lavernois était embarqué vers l'équarrissage. Il ne restait déjà plus qu'une traînée de sang qui séchait sur le sable doré tandis que le public grignotait des cacahuètes. Charles-Hubert qui, le temps de quelques phrases, s'était pris pour Malraux, redevint lui-même : un homme assez ordinaire.

— Basta. Ne parlons plus de tout cela. Le passé est le passé. Mort. Et nous, nous sommes vivants. Est-ce qu'on commande les cafés ?

Il prit la main d'Olivia, comme on s'y autorise avec un vieux copain pour qu'il se ressaisisse. Il traitait l'affaire à l'américaine, avec des sentiments simples et pleins. L'intonation de la fille, chez ses parents, le soir de sa défaite aux cantonales, m'est revenue en mémoire : on t'aime, Charles-Hub, on t'aime. C'était cela, son univers. Un amour suppliant, au visage triste, que l'on cueille en passant et auquel on ne croit pas, une fois la mise en scène achevée. Désormais, cette façon d'être lui collerait à la peau.

Je suis retombé dans mon néant. En vérité, j'avais joué avec le feu et je m'étais brûlé. L'idée qu'Olivia devait moins apprécier les paillettes de Charles-Hubert qu'être lassée de ma grisaille m'apaisait un peu. Je jouais le fier : ces petites intrigues de comédie de boulevard ne m'intéressaient pas. D'ailleurs, chaque fois que je tentais d'agir sur les événements de la vie, je me fichais dedans. Il aurait fallu me lever et sortir du restaurant sans qu'ils s'en aperçoivent. Sur la pointe des pieds, sans bruit ni geste désordonné, j'aurais quitté la vie des autres où je tentais en vain de pénétrer depuis des mois, mais où je n'avais pas ma place.

Mais non. Tout était bien ainsi. Il me restait mes élèves à qui j'avais la même envie de lire des poèmes, le hall sombre du Meurice où de grosses lampes posées sur des consoles jetaient un éclairage pastel, le *Journal* de Léautaud, mes notes sur les vertus cornéliennes. Au fait, avais-je jamais eu besoin d'autre chose que des mots ?

Quelques jours après, à Château-Thierry, un message était glissé sous ma porte d'hôtel. Charles-Hubert souhaitait que je le rappelle « le plus vite possible ». Il allait certainement me parler de la merveilleuse Olivia. Quand nous étions jeunes, il ne pouvait pas sortir avec une de mes copines sans m'expliquer que, dans le fond, c'était mieux ainsi. Normal. C'était lui l'aristocrate. Moi, je me tenais toujours en retrait. Plus tard, sur sa tombe, le prêtre commencerait l'homélie par ces mots : dès son plus jeune âge, il montrait d'étonnantes dispositions à l'égard de la politique, puisqu'il considérait que tout lui était dû.

— Bonsoir, Louis. Tu es gentil de me rappeler tout de suite. Je voulais d'abord te remercier pour les moments que nous avons passés ensemble l'autre jour. Et puis Olivia, quelle perle ! Tu ne vas pas être étonné si je te dis que nous nous sommes revus. J'ai le sentiment qu'entre vous, c'était devenu le froid sibérien. Enfin, j'ai cru comprendre ça. Tu me dis si je me trompe... Parfait, tu me rassures. Alors, champ libre, comme on dit ? Tu ne trouves pas formidable qu'on arrive tous les deux à se dire les choses sans aller chercher midi à quatorze heures, non ?

» Je t'ai appelé pour autre chose. J'ai rencontré hier soir quelqu'un que tu dois connaître, au moins de nom. Maxime Beyer, le gars de la radio. Il réalise des émissions dans le genre journalisme d'investigation. Un jour les nouveaux pauvres, le lendemain les fabricants de marrons glacés, ou bien les transsexuels. Je te dis n'importe quoi parce que j'ai peut-être entendu ses émissions deux fois dans ma vie, en voiture, bloqué sur le périphérique. Un type sympa, au demeurant. Il voudrait faire une émission sur les jeunes en politique, alors il a pensé à moi. Bon. Je ne te téléphone pas pour te raconter mes histoires.

» Au cours de la conversation, Beyer s'est mis à me parler d'un problème qui lui mine le moral. Il a déjà écrit trois ou quatre bouquins, mais ça ne marche pas comme il voudrait. Les ventes sont minables. Pour tout arranger, il n'est pas content de ce qu'il a écrit. Mais voilà le drame : la plume le démange. Il voudrait se donner les moyens d'un vrai livre, grand public sans démagogie, tu comprends. Je lui ai parlé de toi, en pensant que tu pourrais peut-être l'aider. Il va certainement t'écrire. Le hasard fait qu'il te situait déjà. Le patron d'Olivia lui a dit qu'il regrettait beaucoup ta collaboration. Oui, ils se connaissent. Tu sais, dans ce milieu, tout le monde connaît tout le monde. Paris est si petit ! Il n'y a que les électeurs qu'on a parfois du mal à trouver, ah ah ah...

» Et toi, ça va, là-bas ? Tes élèves, l'hôtel, tout marche comme tu veux ? Tu as une sacrée chance de vivre à la campagne, j'espère que tu t'en rends compte. Le calme, le grand air, tout ce qui nous manque à Paris. Si je passe vers Château-Thierry, je m'arrêterai pour te dire un petit bonjour. À bientôt, Louis.

Il avait raccroché avant même que je ne lui rende son au revoir. Après le flot de paroles, ce vide brutal faisait une impression désagréable, comme si un accident était survenu à l'autre bout, un hold-up, une crise cardiaque. Je suis monté me coucher. Charles-Hubert me fatiguait trop.

Il avait raison. Beyer était un « type sympa ». L'instant où l'on met un visage sur une voix est souvent délicat. On éprouve la même gêne que lorsqu'une personne qu'on connaît bien se moque de vous en arborant un masque de carnaval. Et puis on s'habitue.

Il paraissait sincère dans sa demande. « J'ai besoin d'un coup de main. Loin de mon micro, je suis perdu, je suis mal. » Le désarroi des autres me touche toujours de plein fouet. J'ai pourtant essayé de résister.

— Je vous comprends. Moi aussi, je souffre lorsque je n'arrive pas à aligner les mots sur une page blanche. J'éprouve l'angoisse d'un fumeur qui, perdu sur le plateau du Larzac à deux heures du matin, s'aperçoit qu'il éteint sa dernière cigarette. Un manque terrible. Voilà pourquoi je mène depuis six mois une cure de désintoxication. Je n'écris pas une ligne. Pour ne pas être tenté, je ne lis presque plus. Juste le minimum vital, un quart d'heure par jour, à la dérobée, dans le train ou le métro. Bref, je ne veux plus faire ce métier. Dix semaines de maison de santé, ça ne s'oublie pas si facilement. Alors vous voudrez bien m'excuser de ne pas pouvoir vous venir en aide.

Il s'est enflammé. Si les êtres mettaient à réussir leur existence la même énergie qu'ils consacrent à persuader les autres, le monde serait un jardin de roses.

— Il y a un malentendu. Je ne me suis probablement pas bien exprimé. Le livre que je veux écrire, ce ne sont pas mes souvenirs ou les bruits de couloir de la Maison de la Radio. D'ailleurs, bien que vous soyez imbattable dans cette catégorie (j'ai vu ce que vous avez produit en moins de deux ans, chapeau pour le palmarès), je ne ferais pas appel à vous pour ça. Parce que, tout de même, vous vous êtes bien gâché à écrire ce que vous avez écrit. J'espère que vous excusez ma franchise. Je vous propose autre chose : une vraie collaboration littéraire qui soit à la hauteur de votre talent.

Il disposa avec symétrie sur la table du café nos deux verres, les bouteilles, le cendrier, avec l'air pénétré d'un scénographe. Je le regardais, intrigué. Peut-être préparait-il un jeu.

— Suivez mon raisonnement. Une seconde, vous allez imaginer que vous soyez attiré par l'univers de la radio. Ou bien, simplement, qu'on vous oblige un jour à parler dans un micro. Eh bien, j'ai l'impression que ce ne serait pas votre truc. Vous êtes trop émotif, pas assez sûr de vous, votre bégaiement vous nuirait. Pourtant, il faut y aller. Vous entrez en studio dans trois jours. Est-ce que vous ne croyez pas que vous décrochez votre téléphone pour me demander des conseils, peut-être même une séance d'entraînement devant un magnétophone ? Alors, je vous aide. Et ça marche. Vous n'avez plus peur du micro, vous devenez même bon. Moi, je n'ai presque rien fait. À peine un coup de main, juste un coup de pouce. Mais à vos yeux (il avançait l'index vers moi, yeux écarquillés), je suis un type formidable, puisque je vous ai permis de passer à un autre mode d'expression. Je vous fais passer de l'écrit, qui est votre monde, au mien, qui est la parole. C'est rien, c'est tout, comme vous voulez. Alors, je vous demande de me tendre la main, comme ça, au-dessus du précipice de l'écrit, et de m'aider à avancer sur ce pont suspendu dont les oscillations me collent le vertige.

Il permuta les deux bouteilles, vite. Puis les verres.

— Voilà. Le tour de passe-passe est fini. On a échangé nos compétences. Je bois dans votre verre, vous buvez dans le mien. Ou peut-être que nous avons gardé nos verres et que ce sont les bouteilles qui ont changé. On s'en fout. Mais c'est le même liquide. (Il recommença à me pointer de l'index. J'étais Caïn, je fuyais devant Jéhovah. Qui avais-je assassiné ? Pourvu qu'il ne faille pas descendre dans une fosse.) Les mêmes mots ! La même pensée ! Vous comprenez ?

Bien sûr, j'avais compris. Il alluma une cigarette, et se tut. J'aurais bien aimé qu'il continue ses mariolleries. Si on lui proposait de travailler à la télévision, un jour, il ferait exploser l'audimat à chaque apparition. Pendant qu'il toussait à rendre l'âme, je tentais de reprendre mes esprits. Malgré l'envie qui me taraudait, je ne voulais pas lâcher mes bonnes résolutions. D'un autre côté son mélange d'audace verbale et de blocage sur l'écriture m'intriguait. Beyer était un autre moi-même, en négatif. J'ai pris mon air le plus sérieux.

— Et Dieu, dans tout ça ?

— Pardon ?

Il me regardait avec des yeux incrédules. Moi aussi, je savais faire des mariolleries.

— Vous avez bien été l'assistant de Jacques Chancel, quand vous avez commencé à faire de la radio ?

— Bien sûr. Et alors ? Je ne vous comprends pas.

— Il n'y a rien à comprendre. Je vous dis n'importe quoi pour voir si nous pouvons nous entendre. Écrire ensemble s'avère presque aussi compliqué que de coucher avec quelqu'un et que ça se passe bien pour les deux. Toute la différence vient de la complicité, si elle existe. Alors, je teste.

Je n'avais pas prévu ce qui s'est passé ensuite. Il a éclaté d'un rire qui m'a fait un bien immense. Depuis des mois, je n'avais pas entendu quelqu'un rire d'aussi bon cœur, aussi fort, aussi longtemps. À la réflexion, je n'avais pas entendu un tel rire depuis le lycée. Lavernois était un pince-sans-rire. Olivia était sinistre. Charles-Hubert, préoccupé. Mais Beyer pouvait rire jusqu'à s'asphyxier.

Est-ce que vous comprenez cela ? Je suivais mon traitement avec application. Je n'écrivais plus une ligne depuis des mois. J'envisageais même de m'installer à Château-Thierry, de retaper une ferme dans la campagne et de rentrer dans l'équipe de foot des profs. La banalité des destinées humaines commençait vraiment à me séduire. Et tout d'un coup, sans crier gare, Beyer a éclaté d'un rire énorme, shakespearien.

Eh bien, il a suffi de ce fou rire de plusieurs minutes pour replonger dans ce que je cherchais à fuir de toutes mes forces depuis des mois. La rechute ne s'est pas produite à cause d'une femme, ou de l'argent, ou de la monotonie de l'existence. Non. Mais à cause du fou rire génial d'un type de quarante ans, sympathique, à la fois perdu et sûr de lui, qui était assis en face de moi et tenait autant de Jéhovah que du joueur de bonneteau.

Durant des samedis et des dimanches entiers, nous travaillions sur un ordinateur avec traitement de texte que Beyer venait d'acheter et qui présentait l'avantage d'être un instrument « performant », comme lui avait dit le vendeur, et un jouet. Il nous rendait « interactifs ». On se voyait, « par défaut » à onze heures, tous les samedis. On essayait de travailler le plus possible sur la « mémoire étendue », on « coupait-collait », on « faisait une sortie imprimante ». Surtout, on « sauvegardait sur disque dur ». Quand l'un de nous prononçait ce genre de mots mis à la mode par l'informatique, nous partions dans des fous rires sans fin, et je retrouvais le Beyer du premier jour, au café. Au début, sa femme s'inquiétait. Puis elle a adopté nos manies. Par exemple, quand elle nous apportait un en-cas, elle soulignait que c'était pour « relancer l'application ».

Beyer ne m'avait pas raconté d'histoires. Nous étions en train de fabriquer un vrai livre. Il racontait les aventures d'un trouvère qui, pendant la guerre de Cent Ans, suit la route de Saint-Jacques-de-Compostelle à la recherche de sa bien-aimée, perdue dans les méandres de la politique parisienne (histoire d'Armagnacs et de Bourguignons). Le texte était subtil, avec un dosage d'aventure, de psychologie, et des références historiques minimales : les conflits entre les seigneurs, les alliances avec le roi d'Angleterre, l'épopée de Jeanne d'Arc. Des ponts-levis s'ouvraient en grinçant sur un arrière-fond de crécelles de lépreux, des bûchers flambaient dans l'air du soir et ça galopait ferme sur les chemins. Dans des tavernes enfumées, des reîtres se bagarraient pour un cheval, une femme, un pichet de vin.

Mais peu à peu, le trouvère qui composait des poèmes d'amour se métamorphosait en témoin de son temps. Il devenait ainsi un lointain ancêtre de Beyer, qui en profitait pour placer ses idées : l'homme libre doit toujours témoigner pour les hommes enchaînés.

Nous dévorions des livres sur le Moyen Âge, qui nous fournissaient les atmosphères authentiques, les mille détails du quotidien, ce que nous nommions le « moelleux du tissu ». Souvent, le matin, l'un de nous appelait l'autre pour lui suggérer une idée ou un événement pour le travail du prochain week-end. On respectait notre fragilité anxieuse. Ainsi, lorsque je joignais Maxime à la radio, son assistante prenait pour me répondre les intonations complices de celle qui transmet un appel sentimental à un collègue qu'on aime bien. Parfois, je trouvais un message de lui dans mon casier, à la salle des professeurs. « M. Beyer vous demande si vous avez pu vous renseigner sur les repas au XIVe siècle. » J'étais allé à Cluny, je m'intéressais à l'architecture cistercienne, je lisais des chansons de geste et les romans de Walter Scott. Je me demandais comment j'avais pu jusqu'ici me désintéresser de cette période si palpitante de l'histoire. La nuit, je rêvais du Moyen Âge. Je cheminais à côté du trouvère, allongé dans une charrette à foin, et nous devisions sur le malheur des temps.

Au début, nous écrivions une cinquantaine de pages par mois. Et puis notre rythme s'est accéléré. Comme je n'avais plus de vie privée, les choses étaient faciles. À Paris, je vivais de nouveau à l'hôtel, et je pouvais travailler aussi longtemps que je le voulais, comme avant. Tout allait bien.

Un jour, j'ai eu envie de présenter Pierre à Beyer. Sur le principe, ils étaient aussi réticents l'un que l'autre.

— Le vieux gaulliste marginal, assez guignol sur les bords ? m'a demandé Beyer avec une moue méprisante.

— Le soixante-huitard qui cause dans le poste en s'écoutant parler ? Merci bien, trancha Pierre.

Je n'insistai pas. Cependant les présentations se firent d'elles-mêmes. Un soir, nous travaillions porte de Champerret, Beyer et moi. Coucou, dit une voix. Je me retournai. Pierre souriait de ma surprise.

— J'avais envie de prendre de tes nouvelles. Et de te montrer mon acquisition. On m'a encore payé des droits sur le livre. Maintenant ils l'ont sorti en club. J'ai l'impression que ça ne finira jamais, cette histoire-là. L'argent tombe du ciel. Alors, j'ai fait une folie. Viens voir.

Il se tourna vers Beyer.

— Vous n'avez pas idée de l'argent qu'on peut gagner avec un livre, mon vieux. C'est presque immoral. Tout le reste, à côté, ça devient de l'argent de poche. Allez, on descend.

Beyer le dévisageait comme un extraterrestre.

Devant le trottoir, une décapotable rouge vif luisait de tous ses chromes. Pierre avait laissé le moteur et les phares allumés. Il donna un pourboire royal aux deux gosses qui avaient gardé la voiture.

— Cadillac, modèle 1959. Douze cylindres en V, six litres quatre développant trois cent vingt chevaux. Avec un moteur pareil tu tires un camion. J'en rêve depuis des années. Entièrement refaite. Tu entends ? Un mécanisme d'horlogerie suisse.

Il ouvrit une portière, la claqua aussitôt.

— Comme dans un film. Sauf que dans un film ils seraient obligés de rajouter du bruitage, pour faire plus vrai.

Il s'installa au volant, cria : « Direction assistée », et amorça un demi-tour impeccable devant les stations d'autobus, sous les yeux admiratifs des passants. On n'entendait qu'un léger crissement de pneus. Gatsby le Magnifique en personne. Il revint à son point de départ, actionna le moteur de la capote qui se déplia avec la lenteur et la précision d'un rideau d'opéra.

— Et voilà l'affaire. Demain matin, je vous enlève et on va se promener. Dommage que tu ne conduises pas, Louis. Tu aurais pu l'essayer.

Dans son regard, j'ai senti que l'envie de me confier le volant le démangeait tout de même. Mais il y avait trop de monde. Il disparut dans un ronflement de chaudière bien réglée.

Le lendemain, nous avons parcouru les petites routes de Seine-et-Marne tous les trois. Beyer et Lavernois conduisaient à tour de rôle. L'air était doux. La voiture abordait les courbes mollement, avec le roulis d'un paquebot qui va accoster. Je somnolais dans le soleil tandis que Pierre et Maxime, retombés en enfance, actionnaient les essuie-glace, le klaxon, la radio. À un moment, Pierre m'a dit : regarde, et j'ai ouvert les yeux sur le château de Vaux-le-Vicomte qui apparaissait sur le bord de la route. Plus tard, nous avons traversé Fontainebleau. Certaines rues étaient si étroites que la voiture manœuvrait avec difficulté. Pierre riait aux éclats, concurrençant Maxime. Nous mangions des bonbons Haribo en forme de petits crocodiles et de nounours achetés dans une station-service (vingt-cinq litres au cent, avait annoncé Pierre au pompiste avec une espèce de fierté). L'atmosphère avait la tranquillité des vacances en famille, lorsque le temps qui passe devient la chose la plus douce du monde.

Au retour, nous nous sommes arrêtés dans une hostellerie dont la terrasse dominait la Seine. La salle, vide de clients, était décorée dans le style haute époque qu'affectionnent certains établissements de prestige, avec une cheminée monumentale, des bois de cerf et des gros rideaux en velours de Gênes. Nous étions assis dans des sièges Louis XIII incommodes où nous paraissions tout petits, donc ridicules. On nous a apporté un thé et de la tarte Tatin avec de la crème fraîche. La serveuse en tablier blanc regardait les eaux du fleuve avec un air désœuvré. Pierre, qui tenait une forme éblouissante, a annoncé qu'« il se la ferait bien, si on lui laissait le temps de lier connaissance », avant de s'interroger sur les ressources d'un tel établissement, « énorme, loin de tout ».

— Ça marche avec les séminaires d'entreprise, a tranché Maxime.

Il nous a expliqué la formation continue, le scandale des fortunes « qui partent en stages bidon pour les directeurs et les cadres alors qu'on va refuser des cours d'anglais aux secrétaires ». Il pouvait aborder les sujets les plus variés. Je l'écoutais toujours avec intérêt.

— Je n'ai aucun mérite, se défendait-il. Dans le métier de journaliste on connaît plein de trucs. On est payés pour fourrer notre nez partout, et dans des coins pas toujours propres, crois-moi. Quand tu écris un livre, tu te promènes au paradis en comparaison.

Lavernois a approuvé. Ils ont embrayé sur le monde politique et se sont raconté des anecdotes stupéfiantes. La maîtresse de celui-ci, le compte en Suisse de celui-là. Au loin, les eaux de la Seine semblaient aussi immobiles que la serveuse adossée au chambranle. Je pensais que cette impression était due à l'absence de bateau sur le fleuve. Pas de passage, pas de mouvement. Comme dans la vie des hommes. Peut-être que le temps ne s'écoulerait pas non plus, si aucun événement ne survenait. La serveuse a tourné la tête et nous nous sommes souri. Elle devait se demander ce que faisait un jeune homme à l'allure campagnarde aux côtés de ces deux citadins qui fumaient des cigarettes anglaises et parlaient de gens connus. J'étais loin de tout, immobile dans le courant du fleuve lui-même immobile, abandonné au simple bonheur de la vie.

Aujourd'hui, je n'ai qu'à me rappeler de tels moments pour retrouver le bien-être. Le ronronnement de la Cadillac sur les routes de campagne, le goût acidulé de la tarte chaude et sucrée, le sourire timide de la serveuse. Et, de part et d'autre de cette journée, toutes les heures consacrées à l'écriture dans le calme de ma chambre d'hôtel et à la complicité silencieuse entre Maxime et moi.

Nous avons terminé les quatre cents pages de notre manuscrit près d'un an après l'avoir commencé. Au fil des mois, le style s'était dégraissé, tandis que le héros prenait de l'épaisseur. Nous avons quitté notre jeune trouvère au cœur de l'Andalousie. Épuisé par un périple de deux mille kilomètres, il avait contracté des fièvres malignes et se traînait de cité en cité, rejeté par les chrétiens. On ne comprenait plus ses poèmes, qui évoquaient avec des mots neufs la souffrance et la grandeur des hommes. Mais dans le quartier juif qui jouxte la mosquée de Cordoue, il avait découvert un fragment de civilisation idéale où triomphait l'amour des êtres. Là, il avait été recueilli et soigné par une famille musulmane. Leur fille, traductrice du Coran, n'était pas insensible à ses charmes. Ainsi, l'ouvrage s'achevait sur une réconciliation du personnage avec les forces vives du temps, et ouvrait des perspectives de bonheur. Le paradis était terrestre, pour peu qu'on mette son énergie à le découvrir et à le consolider. Nous avons trouvé un titre : *Cordoue (1431)*.

Maxime voulait se précipiter chez son éditeur dès la dernière phrase écrite. Je lui ai conseillé de laisser le texte reposer pendant une quinzaine de jours. Cette méthode m'avait toujours été bénéfique. Elle m'était inspirée par les peintres qui « oublient » leurs toiles en les retournant contre le mur, afin de les redécouvrir d'un œil neuf, donc critique. « Mais si on est déçus quand on relira ? » me demanda-t-il, inquiet, de nouveau déstabilisé comme je ne l'avais pas vu depuis des mois.

— On refera des passages, on déchirera tout s'il le faut. Si tu connais une autre méthode, indique-la-moi.

J'ai tenu bon. Pourtant, au bout d'une semaine, son assistante m'a appelé à Château-Thierry pour me demander d'intervenir, parce qu'il était devenu invivable avec ses collaborateurs. Sa femme aussi devenait inquiète. Il n'arrêtait pas de tourner dans son appartement et de se mettre en colère pour un rien. Lorsque je suis rentré à Paris, le jeudi, nous avons dîné ensemble. La conversation a roulé sur les affres de la création. Comme nous étions aussi pudiques l'un que l'autre, nous avons commencé par affecter le détachement. Mais très vite, le pessimisme de Maxime a repris le dessus.

— Il y a du nouveau. Je n'ai pas besoin d'aller dans l'atelier pour retourner le tableau, je sais qu'il est nul. On ne relit pas le manuscrit. On jette tout.

— Pas de problème. Je suis d'accord avec toi. Il faut avoir le courage de détruire ce dont on n'est pas satisfait à cent pour cent. Trinquons à cette initiative.

L'affaire était gagnée. Maxime parvenait enfin au doute général. Le même qu'on éprouve la veille d'un examen quand on est persuadé de ne plus rien savoir. Il était prêt à assumer la publication. Le soir, sans lui demander son avis, j'ai donc adressé à l'éditeur le manuscrit achevé de *Cordoue (1431)*.

Les ventes sont restées faibles pendant plusieurs semaines. Beyer pouvait bien affecter l'indifférence, je le sentais tendu jusqu'à la douleur. Habitué à l'impact immédiat de sa parole, il ne s'accoutumait pas au lent parcours d'un texte écrit. À Radio France, la situation ne s'améliorait pas. Ses collaborateurs ne pouvaient plus le supporter.

Nous continuions à nous téléphoner ou à nous voir tous les deux ou trois jours. J'évitais de le questionner sur son livre. Il s'inventait des théories qui, sous couvert d'expliquer la situation, le désespéraient : quand un livre ne démarre pas au bout d'un mois, les carottes sont cuites. Ou bien : le roman historique n'intéresse plus les lecteurs. Il ajoutait avec une mauvaise foi dont il n'avait pas conscience : je m'en fous complètement. Symptôme prédépressif, la fuite le tentait. Il prévoyait de « prendre une année sabbatique pour faire le tour du monde sur un voilier, vivre des émotions fortes et concrètes ».

Il n'a pas eu le temps de passer son permis de navigation. Un mois et demi après la parution, le feuilleton du *Monde* a salué « un nouvel écrivain, authentique » tandis qu'un autre critique très apprécié parlait d'« un homme de parole saisi par l'écrit ». À partir de ces articles, les ventes se sont mises à monter régulièrement. Le bouche à oreille a relayé la presse. Dans les grandes surfaces, le roman a pris place sur les « têtes de gondole », promotion qui ne trompe pas les observateurs en marketing. Puis les magazines féminins sont venus interroger Maxime à son domicile. Ils l'ont photographié en train de prendre le petit déjeuner en famille et d'écrire à son bureau, sous un poster de Radio France. Tout s'est accéléré. On a réédité ses premiers romans, qui n'avaient jamais connu de tels chiffres de vente lors de leur sortie. *Cordoue (1431)* a été un des plus gros succès de l'été. À la rentrée de septembre, il figurait dans les sélections des prix littéraires.

C'est Maxime qui me communiquait les chiffres. J'étais condamné à rester dans l'ombre. Mon amitié pour Maxime me contraignait à l'incognito. Qui aurait compris quoi que ce soit ? C'était lui, l'auteur. En outre, je voulais protéger ma tranquillité. J'avais payé trop cher ma première collaboration éditoriale pour ne pas rechercher l'ombre. Un jour, peut-être, le hasard des rencontres me ferait revivre une écriture partagée et amicale. Je n'en demandais pas plus.

Je suivis l'agitation des prix de loin, grâce à la gazette que m'en tenait Maxime. Il ne dormait plus. L'éditeur partageait son énervement. Sa maison n'avait pas l'habitude de faire partie de la compétition. Les grands jours sont enfin arrivés. Nous avons raté le Goncourt à deux voix. Mais le Renaudot est venu couronner un succès public salué par une critique unanime. Le soir même, l'éditeur donnait une réception.

Pierre est venu me prendre à l'arrivée de mon train, gare de l'Est. En sortant de la gare, j'ai vu la Cadillac garée en double file, n'importe comment. Pierre ouvrait, fermait, ouvrait encore la capote devant un groupe de badauds. Des voitures commençaient à klaxonner. Pierre ne se pressait pas. « Je suis compagnon de la Libération, et je vous emmerde », lâcha-t-il à des conducteurs qui s'impatientaient. « Il faut bien que ça serve à quelque chose », me glissa-t-il pour s'excuser. Comme il s'énervait, il cala plusieurs fois encore. Je commençais à me sentir gêné. Des passants s'attroupaient pour suivre la scène.

Nous avons fini par démarrer, le plus lentement possible. Je me suis étonné de l'absence d'Olivia.

— Elle tient compagnie à son grand homme, ton copain Charles-Hubert. Tu sais qu'il passe son temps entre le Parlement européen et Paris, maintenant ? Vibrionnant, excité, insupportable en un mot. Persuadé de sa mission. Tu vois le genre. Tout ce qu'on déteste. En plus, fier de son élection, cet abruti. Alors que se faire élire aux européennes, c'est l'enfance de l'art quand on est en bonne place. La tête de liste abat tout le boulot, et toi tu attends dans ton coin le résultat d'une élection sans campagne. On appelle ça le miracle de la proportionnelle. Tu comprends pourquoi il n'a pas eu besoin de ta prose pour les discours. Mais tu vas certainement recevoir un coup de téléphone d'ici peu. Olivia m'a dit qu'il est à la recherche d'une circonscription pour les prochaines législatives, vers le Finistère ou le Cantal, à moins que ce ne soit le Gers. De toute façon, ce sera le berceau de sa famille, comme tu te doutes. Cette fois-ci il les bluffera avec le coup du retour aux racines. Je le connais, le lascar. Si tu les entendais, Olivia et lui. Quel numéro.

Pierre a bloqué la circulation devant la maison d'édition, avant de prendre une rue en sens interdit pour libérer la chaussée. Sur les trottoirs, les passants s'amusaient bien. Ensuite, il s'est engagé dans un parking, avec difficulté, mais n'a jamais pu se garer. Les emplacements étaient trop étroits. Pour quitter la Cadillac

(« C'est un comble de ne pas arriver à se débarrasser de cette bagnole », constata-t-il avec colère), il l'a laissée à la station-service du parking, en commandant un lavage, et en même temps « le plein, les niveaux, la vidange, la pression des pneus, un nettoyage de moteur, le grand jeu, ça doit durer jusqu'à minuit ».

À la maison d'édition, tout le monde souriait avec l'air de ceux qui n'ont d'autre motif de contentement que de se trouver là où quelque chose se passe. L'éditeur nous a salués de loin, Pierre et moi, avec un grand geste de la main au-dessus des têtes. Il ne s'est plus occupé de nous, tout au bonheur de sa victoire. Bien sûr, je n'ai pas levé le secret. Maxime nous a présentés à des invités comme de « grands amis », et nous avons échangé quelques phrases idiotes. Pierre a retrouvé un copain d'Indochine et ils sont partis dans des souvenirs que je suivais d'une oreille, parce qu'ils me rappelaient certains passages du livre que nous avions écrit. Je suis resté tout seul. J'allais de groupe en groupe, désœuvré, piquant une phrase ici, un sandwich là. Les maîtres d'hôtel me considéraient avec un peu de pitié.

Je suis sorti dans la petite cour pavée pleine de plantes vertes, sur laquelle donnaient les bureaux du rez-de-chaussée, encombrés de livres et de dossiers. Derrière les fenêtres, les invités parlaient entre eux, riaient, et cela formait un brouhaha incompréhensible. La soirée s'avançait. Ma situation m'apparaissait extravagante. Je me retrouvais en dehors d'une histoire dont j'étais pourtant le personnage principal. Sans moi, rien n'aurait existé. Ni le livre, ni les ventes, ni le prix Renaudot. Mais le jour de la naissance se préoccupe-t-on du père de l'enfant, surtout lorsque celui-ci est naturel ? Je n'en voulais pas à Maxime. J'étais fier de sa réussite, même si elle ne m'apportait pas d'autre profit que financier.

Mon amertume était plus profonde. C'était clair : je n'existais pas comme écrivain au sens réel du mot. Face à une page blanche, poussé par mon seul désir, j'étais incapable d'écrire un paragraphe dont je fusse satisfait. Il me fallait la médiation de l'autre, son langage, ses idées. L'incident de la Librairie de Paris me hantait : par moi-même, je n'étais rien. Mieux valait partir d'ici. Je me dirigeai vers le porche.

Quelqu'un toussota derrière moi. Un homme d'âge mûr, dont le visage ne m'était pas inconnu, souriait dans l'ombre.

— Me permettez-vous de venir troubler vos pensées ? Cette fête est un peu la vôtre, d'après ce que Maxime Beyer m'a confié. Tous mes compliments. *Cordoue (1431)* est un livre remarquable. Léger et profond à la fois. Plus d'un écrivain aimerait l'avoir signé. Surtout quand il éprouve des problèmes avec son propre travail, comme moi en ce moment.

Il laissa passer un temps, qu'il meubla d'un soupir profond.

— Eh oui. On peut avoir composé une quinzaine de romans et se retrouver devant sa feuille démuni comme un débutant. Et je vous jure bien que ce n'est pas drôle du tout. Aussi j'aimerais vous entretenir d'un projet qui me tient à cœur, et que je ne sais pas par quel bout prendre. Auriez-vous une heure à me consacrer, un jour prochain ?

— Ce sera autant un honneur qu'un plaisir. J'admire beaucoup votre œuvre. J'aimerais vous en entendre parler. Est-ce que vous seriez libre pour déjeuner, demain, à l'hôtel Meurice ?

J'ai peu de choses à raconter sur toutes ces années. Car à partir de ce jour, je n'ai plus travaillé que sur mesure. Je rencontrais mes auteurs avec discrétion. Tout était mis au point avec rigueur. Nature du travail et marge de manœuvre, délais de mise à disposition, montant des honoraires. En fournisseur chic, je maintenais une distance : si vous en êtes d'accord, je reprendrai contact avec vous lorsque j'aurai avancé ou en cas de difficulté. Mais je vous demande de ne pas intervenir dans le travail que vous m'avez confié, qui réclame autant votre confiance que ma concentration. Ils acquiesçaient, prompts à s'excuser par avance d'une faiblesse à laquelle leur anxiété les aurait conduits, si je n'y avais mis bon ordre. Nous nous séparions avec la courtoisie qui sied entre gens que seul l'intérêt a réunis.

Fin décembre, j'ai démissionné de mon poste au lycée agricole de Château-Thierry avec un pincement au cœur. En deux ans, je m'étais habitué à mes élèves et aux cours où nous alternions études de texte, lectures et discussions. Mais ces aller et retour à Paris mangeaient mon temps et mon énergie. Surtout, je ne supportais plus de me partager entre classes et manuscrits, oral et écrit. Il fallait choisir. La situation était nouvelle. Jusqu'à présent les événements étaient survenus sans que je m'y attende, et je les avais suivis comme on suit une inconnue dans la rue, par goût de l'aventure. Mes précédents clients, je les avais donc rencontrés sans rien demander à personne. Charles-Hubert m'avait conduit vers Pierre, lequel m'avait amené à son éditeur, puis Beyer était apparu également par hasard.

Désormais il était temps que je « fasse ma vie », comme avait dit Pierre à la maison de santé. Il devait avoir raison. Je gardais de ces années d'improvisation un goût d'inachevé. Eh bien, j'allais « faire ma vie » : je choisissais délibérément de me glisser dans celles des autres, et de consacrer tout mon temps à cette activité de bernard-l'ermite. S'il n'était pas héroïque, ce choix avait au moins le mérite de la sincérité et de l'efficience. Mon métissage s'achevait. Je devenais nègre à part entière. Esclave des auteurs. Avec au bout, bien sûr, l'espoir abolitionniste.

Mon métier, c'est l'apparence, le faux-semblant. Il me convient : pas d'art plus élaboré que celui du trompe-l'œil. Et comme le plaisir du plagiaire permet d'atteindre aux plus hauts degrés de la jouissance, j'ajoute à la fiction sur le texte un mensonge plus subtil : celui sur l'auteur. Je n'ai aucun mérite. Tout est facile lorsque j'écris pour les autres. Les phrases se mettent à tourner, les personnages vivent, les situations existent. Bizarrement, tout se passe de l'intérieur, tandis que mes tentatives d'écriture subjective sonnent toujours aussi faux. À la moindre notation personnelle, l'inhibition bloque le mécanisme. Et puis l'étalage du moi me gêne moins que la difficulté à en trouver le ton juste. Mes aveux frôlent la caricature dès lors qu'ils sont sincères.

Rien de surprenant à cela. C'est le lot d'une humanité aveugle à elle-même au point de se vautrer dans l'indécence. Car, en dehors des romans, avez-vous jamais lu une lettre d'amour qui ne soit pas ridicule ? Je me méfie de l'authentique. Être soi-même relève de l'exploit, voire de l'impossible. Tandis que rien n'est plus commode que de jouer la comédie.

J'ignore l'angoisse de la page blanche dont parlent tant d'auteurs. Ils l'exorcisent avec les moyens du bord. Ils écrivent à heures fixes, la nuit, au petit matin, l'après-midi, choisissent avec soin leurs outils, stylos, papier, table, dosent musique et silence. Mais j'ai beau le savoir, je ne le comprends pas. Écrivant sur commande, rien ne m'est plus facile que de me mettre au travail. N'importe où, n'importe quand, avec n'importe quel outil. Il suffit de le décider. Pour économiser les problèmes inutiles, j'ai opté pour des horaires de bureau : de neuf heures à midi, et de deux heures à six heures. Cela permet les calculs de productivité, et l'organisation méthodique de la journée. De neuf à dix, je reprends les pages de la veille, et les corrige. De cinq à six, je relis le travail de la journée. Me voilà un bureaucrate de la littérature. Cette obscurité me convient. Elle n'est autre que celle de ma fonction. Car je ne prétends pas être un artiste, ni même un artisan. Tout au plus un tâcheron. Et rien ne me rend les choses plus légères que l'absence de vanité que je retire de leur exécution.

Je n'ai jamais aimé le dépaysement que procurent les vacances. À quoi servent les voyages, les visites de sites et de musées ? Nul besoin de cette pacotille exotique pour partir loin de soi. Seuls les êtres offrent un intérêt, et leur langue lorsque nous la possédons en commun. Aussi la Wallonie et le canton de Genève forment-ils les limites extrêmes de mes évasions. J'y éprouve le confort d'être ailleurs tout en restant moi-même. Là-bas, ma langue natale se met à boiter. Ce sont ces inflexions de mots et de sonorités que j'aime : le style propre à une parole, qui la rend reconnaissable entre toutes. Encore convient-il de disposer d'une oreille exercée. J'ai donc choisi d'ignorer les terres lointaines. Franchir la Manche ou l'Atlantique réclamerait des années de travail pour m'approprier la musique propre des mots, et me retrouver en son cœur. Je n'en ai pas le courage. Un jour, peut-être ? Pour le moment, ma seule fantaisie de voyageur consiste à aller écrire dans un café. Être seul au milieu des autres, suivre leurs conversations d'une oreille, reconnaître le grain des mots comme on identifie dans le noir celui d'une peau, écouter, au-delà des apparences, la mélodie des êtres. Cela suffit à mon bonheur.

Le garage de Pierre est de l'autre côté du boulevard périphérique, à Levallois. Quand il vient pour l'entretien de la Cadillac, ce qui est fréquent, il passe me voir et nous restons un moment à parler autour d'une bouteille de chablis que nous descendons boire au café d'en bas. Charles-Hubert a enfin déniché la circonscription idéale, au fond de la Haute-Loire. Olivia est venue s'installer chez lui, à Neuilly. Pierre me donne de leurs nouvelles avec l'indulgence qu'on adopte pour des amis qu'on ne voit plus. Je crois qu'il est soulagé d'être débarrassé de sa fille et de ses conseils permanents.

Lui se porte toujours bien. Il m'a fait cadeau du pick-up et de toute sa collection de 78 et de 33-tours. Il y a ajouté des cartons de livres d'où je tire des volumes, au hasard de mes insomnies. Mais j'ai décliné sa proposition de me céder la chambre en pitchpin. À se lancer dans la décoration, on perd toute énergie. Je l'ai bien vu chez Olivia, qui permute des vases, achète un tableau, une lampe, fait canner un fauteuil, sans pour autant être satisfaite de ses choix. Avec ma malle-cabine et le mobilier de l'hôtel je dispose du nécessaire. Mes livres s'empilent au sol. Ils sont peu nombreux. Je ne possède aucune image, tableau ou photographie.

L'année dernière, je me promenais dans un quartier alors inconnu, vers la rue Bayen. Quelle n'a pas été ma surprise de me retrouver en face des Magasins Réunis. Ma mère, enfant, m'y emmenait faire des courses. Sont revenus à ma mémoire des images de comptoirs en bois de chêne cérusé, d'une main courante en tube métallique, de vitraux dans les cages d'escalier. Ainsi les Magasins Réunis se trouvaient à côté de la porte de Champerret. Mais après avoir changé d'enseigne, ils avaient définitivement fermé leurs portes. À mon grand regret, je n'ai pas pu pénétrer dans l'immeuble où on faisait des travaux.

À l'intérieur, des ouvriers déplaçaient avec précaution une grande glace. Elle reflétait tour à tour la rue, la vitrine et le haut du magasin. Les formes effleuraient à peine la surface du miroir avant de tourner puis de disparaître. Je parvins à capter au vol le reflet sombre d'un jeune homme. Il tournait le dos à la rue et plongeait dans la recherche de son image. C'était moi. J'ai frissonné. Les souvenirs de la brasserie Wepler me sont revenus. Dans les cafés, les miroirs doublent l'espace tout en annulant des personnages lilliputiens perdus au milieu d'un cadre trop vaste. Ils nous absorbent sans nous refléter. Alors, en un instant, nous apparaît un monde dont nous aurons bientôt disparu.

Enfin les ouvriers ont posé la glace contre un mur. Les images ont cessé de tourner. Le monde est redevenu lui-même : unique, simple, sans histoire. Rassurant. Bête. Je n'y occupais aucune place. Dans toute ma vie, ce qui m'aurait finalement le plus encombré, ce serait l'absence de moi-même.

Dans le coin de la vitrine, des corps obscènes et désarticulés gisaient au milieu du vide poussiéreux. C'étaient les mannequins désormais inutiles qu'on avait entassés. J'ai pensé que les Magasins Réunis n'avaient pas le droit de faire ça : laisser des mannequins nus exposés aux yeux des passants. La vitrine aurait dû être masquée.

C'est un peu comme les enterrements. Ils ne passent plus dans les rues. Interdits, les convois derrière lesquels progresse à petits pas la foule des éplorés. Tout comme la couleur noire pour les voitures funéraires. La mort doit demeurer discrète. D'où le gris souris. Le même que celui de la façade de l'immeuble Dior, avenue Montaigne, mais en plus soutenu. Chic, mais discret.

Ces deux pensées m'ont frappé. Je ne sais pas pourquoi. Je suis resté sans bouger, face à la vitrine. J'avais envie d'écrire un livre dans lequel des images, en s'accumulant, finiraient par construire une mosaïque. Elle prendrait son sens vue de loin, à la fin. Peut-être y serait-il question des différents visages du sexe et de la mort. Ou d'autre chose, que j'ignorais encore. Je sentais sur ma peau d'étranges picotements.

Je suis allé m'asseoir à la terrasse d'une brasserie, en bas de l'avenue de Wagram, pour réfléchir à une trame romanesque. L'automne s'installait à Paris en douceur, comme tous les ans, avec des retours de journée presque torrides. Les feuilles mortes tournaient sur les trottoirs avec un grattement sec. Je songeais aux bruiteurs qui, dans les films, créent cette sonorité en froissant de la pellicule dans un seau métallique. Simulaient-ils le bruit de la pellicule en marchant dans des feuilles mortes ? Je laissais mon esprit vagabonder au loin, mais j'en conservais le contrôle, comme font les propriétaires de chiens avec une laisse à enrouleur. Je ne m'étais pas senti aussi bien depuis des mois, à m'abandonner aux événements anodins de la rue. Les passants dirigeaient leurs pas avec cette netteté de décision que j'ai toujours admirée. Elle constitue la meilleure preuve que l'organisation sociale existe, puisque d'une addition de mouvements browniens naît une cohérence.

J'ai raccourci la laisse pour revenir près de moi-même. Assise à une table proche, une jeune femme buvait son Vittel fraise à la paille. Elle avait des taches de rousseur sur la peau et regardait les gens avec un regard noyé de myope qui lui donnait l'air d'une voyageuse perdue devant le panneau de départ des trains.

Parler à des inconnus m'est généralement impossible. J'ai pourtant engagé la conversation avec la jeune femme. À ce moment-là, tout était facile. J'avais décidé d'écrire mon livre, et de ne plus tout le temps travailler pour les autres. Je crois que je tenais déjà une ligne directrice. Mes pensées l'élaboraient, tandis que nous parlions, la jeune femme et moi. Au bout d'un moment, elle s'est levée et m'a dit au revoir avec un sourire. Je ne l'ai jamais revue. Mais ce sourire m'a donné envie de prendre rendez-vous avec Olivia. Je suis entré dans une cabine téléphonique et je l'ai appelée à son travail.

Elle a accepté mon invitation tout de suite. Le soir, après avoir dîné au restaurant, nous sommes montés chez elle pour écouter de la musique. Elle s'est étonnée que je ne possède toujours pas de lecteur laser. Pourtant, elle savait bien que je devenais méfiant chaque fois que j'entendais parler de perfection. J'aimais écouter la musique en elle-même, au-delà des sons, comme Socrate discourait sur le cercle idéal en traçant sur le sable un cercle malhabile. Au bout de trois phrases, je me suis excusé de dire des choses aussi vaniteuses et barbantes.

— Au contraire, j'aime bien t'entendre. Tu ne vois pas les choses comme tout le monde. Ça me repose de Charles-Hubert. Celui-là, quel conformiste. C'est à mourir.

Suivirent des propos peu amènes sur leur vie commune.

— Passe encore pour les dîners en ville. Tu rencontres parfois des gens rigolos. Mais les congrès du parti, les banquets en province, les cérémonies à la mairie ! En plus, le bonhomme rentre crevé le soir, il a bouffé des saloperies toute la journée, et toi tu peux toujours t'accrocher avec ton bœuf aux carottes ou ta quiche lorraine. Et je ne te fais pas un dessin pour le reste. Non, ton copain, merci, tu peux te le garder.

Elle a soudain pris conscience de la situation et a rougi. Je fis semblant de ne rien remarquer. Ses propos étaient à mettre au compte du bordeaux et des vodkas qui avaient suivi. J'étais tout de même content de l'évolution des événements.

Au moment où elle refermait la porte de l'appartement, je me suis penché vers elle pour l'embrasser. Alors j'ai éprouvé le désir d'une vie au grand jour, dans laquelle je pourrais être moi-même. J'ai décidé de me mettre à écrire mon roman dès le lendemain matin, et de ne plus m'arrêter avant d'être enfin satisfait de ma propre écriture.

Mon synopsis n'avançait pas. Il m'a fallu des semaines pour en venir à bout. Quand enfin il a été au point, j'ai abordé la rédaction proprement dite du roman. J'ai recommencé dix fois le début. Chaque phrase était une épreuve. Tant pis. J'avais décidé de ne pas lâcher.

J'ai tout essayé. Établir pour les heures de travail un créneau précis, ou au contraire écrire à n'importe quel moment. M'obliger à une production journalière minimum : dix feuillets d'abord (ambition vite abandonnée), puis cinq feuillets. Contraintes inutiles. Dès la première relecture, je détruisais tout ce que j'avais écrit. Aucun manuscrit ne dépassait la cinquantaine de pages.

J'ai modifié le synopsis. Du personnage central qui parlait à la première personne, j'ai fait un héros plus lointain ; s'il n'était plus moi, peut-être la distance restaurerait-elle la neutralité dont j'avais besoin pour créer ? Mais alors tout devint si plat que je m'ennuyais moi-même à écrire mon texte. Dégoûté, j'abandonnai mon manuscrit. Je me jetai dans des écritures de commande, avec l'espoir de trouver l'inspiration.

Trouver l'inspiration ? Autant espérer un miracle. Je n'avais jamais eu d'inspiration, à un tel point que j'ignorais à quoi elle pouvait bien ressembler. Était-ce le fait de jeter des idées sur une feuille ? N'importe qui est capable de le faire. Travailler un style ? Mais les mots le disent d'eux-mêmes : il s'agit d'un travail. Inventer une histoire originale ? Dans ce cas, une large part de la littérature universelle disparaîtrait faute d'inspiration. Être saisi par l'envie irrépressible d'écrire ? Je ne ressentais pas de besoin plus grand, ce qui ne me faisait pas avancer pour autant... L'inspiration devait revêtir les traits mystérieux de la grâce pour les mystiques : le passage à un état second dans lequel tout devient évident. Quelque chose comme l'éblouissement des premiers temps d'un amour.

Sans attendre cet éblouissement qui ne venait pas, j'ai donc repris ma plume. Je peinais pendant des jours entiers à ma table de travail, dans le silence de cette chambre ascétique. En vain. Je ne savais pas où puiser la matière de ma création. Le chemin de moi-même à moi-même demeurait inaccessible. Il réclamait un défrichage acharné, de type amazonien. Mais à peine entrouverte, la forêt se refermait sur ses ténèbres.

Mes vraies capacités (je le vérifiais chaque jour avec une anxiété croissante) ne dépassaient pas celles de l'artisan capable de suivre une méthode de fabrication sans originalité.

Trois mois se sont écoulés sans succès. Alors, à bout de ressources, j'ai décidé de rompre avec ce rythme de vie.

J'ai vendu mes sicav et stoppé les autres travaux en cours pour mener ce manuscrit à terme. Un navire blanc pour photo de catalogue, avec piscine, solarium et practice de golf, surtout fréquenté par des vieilles dames et des chiens de compagnie, me conduisit de Marseille à Gênes en faisant le tour de la Méditerranée par l'ouest. J'avais choisi cette formule de voyage pour être délivré des soucis d'organisation. J'ai été comblé. Un personnel attentif s'occupait de tout, servait des cocktails, apportait des magazines, commentait le programme des réjouissances. Le bateau longea la côte espagnole, puis l'Afrique du Nord, la Sicile, l'Italie et la Corse.

Je ne profitais pas des escales qui cassaient un rythme d'écriture enfin installé. Mais des ports où nous jetions l'ancre, les autres passagers me rapportaient des bouffées d'exotisme humées au hasard d'une conversation surprise à table ou le long des coursives. Ainsi ai-je voyagé les yeux fermés, dans le roulis de la cabine, à travers les parfums d'Andalousie, les senteurs marocaines, les effluves siciliens. Si Cordoue avait été plus proche du littoral, j'aurais aimé faire connaissance avec la ville où la destinée du trouvère s'était immobilisée

La seule exception fut Tanger. Je suis descendu à terre pour retrouver les lieux où avait vécu Morand. Détour inutile. En haut de la corniche d'où j'apercevais les eaux du détroit, la maison, abandonnée au milieu des figuiers et des sassafras, partait en morceaux, mangée par la falaise. Quant à la ville, elle avait la tristesse des anciennes métropoles tombées en léthargie. Le bout d'un continent est toujours épuisé. J'avais lu que Trieste, où les cendres de Morand sont mêlées à celles de sa femme, balance avec la même torpeur entre des cultures différentes. Ainsi Morand, voyageur boulimique, ne s'était arrêté qu'en des lieux dénués de toute vie : Tanger, Vevey, Trieste. Peut-être est-ce cela que j'aimais en lui. Le mélange d'enthousiasme et de renoncement, comme s'il avait aspiré à être quelqu'un d'autre, ailleurs, tout en sachant la vanité d'un tel désir. Car la mélancolie, névrose universelle, ignore les dépaysements du Train Bleu et des paquebots transatlantiques.

Le long de la côte marocaine, les taches rose fuchsia des bougainvilliers géants se découpaient sur le bleu profond du ciel. J'avais envie de revoir Essaouira, l'un des rares voyages de ma jeunesse, pour y retrouver le marché aux épices perdu sous les arcades, et, devant un curieux buste d'Orson Welles érigé au pied des remparts, pouvoir prononcer à mi-voix les syllabes mordorées et chantantes du vieux nom espagnol : Mogador. Mais ce serait un autre voyage, peut-être. Pour le moment, je consacrais toute l'énergie disponible à mon travail. Il progressait bien.

Seuls les repas m'apportaient l'évasion du voyage : l'exotisme des mets, les jeux et discussions qui les prolongeaient en donnant aux touristes l'apparence d'une bande de copains éméchés qui ne veulent plus se séparer. Comme la croisière était thématique, j'avais assisté les premiers jours à des conférences avec projections de films ou de diapositives. Carthage, cité des dieux. Sicile, terre de légendes. Elles me donnaient la mesure de mon immense inculture. En outre les questions de certaines personnes m'horripilaient, et bientôt je désertai cette école du Louvre pour carte vermeil. À l'infini sans cesse repoussé du savoir je préférais le fini approché de mon livre, auquel je consacrais tout mon temps.

Je suis revenu bronzé, reposé et surpris de moi-même. L'existence prenait le goût sucré des desserts d'enfance. Durant mon voyage, j'avais même eu plaisir à envoyer des cartes postales à Charles-Hubert. Et à Paris, je retrouvai une atmosphère que j'aime bien. Celle du mois de mai, où se succèdent des journées prématurément estivales et d'autres aux demi-teintes grisâtres. J'ai repris l'habitude de me promener dans le quartier. Afin de poursuivre cette sensation d'exotisme auquel j'avais pris goût, nous nous donnions rendez-vous avec Olivia dans le hall de l'hôtel Méridien, porte Maillot.

Assis au fond d'un fauteuil club en cuir havane, j'assistais au ballet des portiers, bagagistes et voituriers avec la satisfaction béate d'un type qui a gagné un voyage à un concours. L'atmosphère n'était pas la même qu'au Meurice. Plus asiatique, moins feutrée. Mais les deux halls possédaient leur charme, et invitaient au voyage à leur manière. Ici dans l'espace, là-bas dans le temps. Aussi pouvais-je demeurer plus d'une heure dans l'ambiance d'aéroport du Méridien à attendre Olivia, comme j'aimais flâner dans les salons du Meurice avant de discuter de mon contrat avec un auteur. Les deux lieux faisaient office de caisson de décompression. Protégé dans leur atmosphère artificielle, je me déshabituais peu à peu de mon écriture et de ses angoisses.

Car à cette époque, je n'écrivais plus. Mon manuscrit avait franchi sans encombre toutes les relectures. Maintenant, il résistait à l'expérience du « tableau retourné contre le mur ». Il était donc au point.

À la fin juin, après avoir corrigé les ultimes détails de ponctuation, je l'ai adressé anonymement à la maison d'édition pour laquelle j'avais déjà travaillé, celle de la collection « Expériences vécues » et du roman de Maxime. J'étais fier d'avoir pu « triompher de moi-même », comme je disais à Olivia. Puis, l'esprit serein, j'ai continué à me promener à travers Paris. Je songeais à la surprise de l'éditeur lorsqu'il découvrirait la vérité, et au cocktail qui fêterait la sortie du livre. Enfin on s'y occuperait de moi.

Quinze jours après, je reçus une lettre m'annonçant que, « malgré l'intérêt qu'avait suscité mon manuscrit, le comité de lecture n'avait pas cru bon de le retenir en vue d'une publication ». Des regrets polis précédaient une signature illisible, et un *post-scriptum* me demandait de venir retirer le texte à l'accueil de la maison d'édition sous quinze jours. Au-delà de ce délai elle se verrait contrainte de le détruire.

Je retournais la lettre type entre mes mains. Comme je connaissais les usages des maisons d'édition, je savais que je n'avais pas suscité plus de dix minutes d'attention. Non que le lecteur n'ait pas fait son travail. Un lecteur fait toujours son travail. Simplement, mon texte avait été jugé si banal, voire mauvais, qu'il n'avait même pas dépassé la première étape. S'il n'avait pas été regardé, l'explication s'imposait d'elle-même : il n'en valait pas la peine.

Était-ce possible ? La trame narrative du roman, bien que simple, me semblait originale. Le héros, un jeune homme, découvrait un jour que… Non, je ne vous en dirai rien. Encore aujourd'hui, la honte m'interdit d'en parler. S'y ajoutent des sentiments complexes de colère, de dépit, de trahison. D'impuissance, aussi. J'étais persuadé que, face à un tel texte écrit par un autre, le nègre que je suis n'aurait pas changé une virgule ni remplacé un mot par un synonyme. Mon texte était parfait. Je le pense encore aujourd'hui.

Aussi me suis-je obstiné. J'ai envoyé le manuscrit à toutes les maisons d'édition. Les prestigieuses, les méconnues, les parisiennes, les provinciales, les anciennes, les récentes. Et je n'ai reçu que des réponses négatives.

Quelques semaines plus tard, un éditeur prit la peine de me téléphoner. Ce qu'il avait à me dire était délicat, m'annonça-t-il. Aussi trouvait-il plus courtois de m'appeler plutôt que de m'écrire.

— J'ai bien aimé votre manuscrit. Malgré des gaucheries de débutant, il contient de réelles promesses. Mais ce ne sont pas ces maladresses qui me gênent. Vous êtes jeune et vous ne pouvez que progresser. Personne ne domine l'écriture dès son premier texte. Non. Il y a autre chose qui empêche la publication, et c'est la raison pour laquelle je vous appelle. Vous faites fausse route si vous persistez à écrire de cette façon. Parce qu'on a constamment l'impression de déjà-lu. Ce manuscrit m'évoque un patchwork de tout ce qui paraît depuis quelque temps. En particulier, plusieurs passages rappellent de manière frappante le livre de Maxime Beyer, celui qui a obtenu le Renaudot il y a deux ans. Peut-être vous a-t-il influencé au-delà de ce que vous avez cru ? Notez bien que je ne vous jette pas la pierre. Il s'agissait d'un très beau roman. Mais enfin, il faut être soi-même, sinon le texte ne marche pas.

Je n'ai rien répondu. J'aurais aimé prendre plaisir à ce qui devenait une farce de mauvais goût. Mais je n'y parvenais pas. Comment être soi-même, c'est-à-dire quelqu'un qu'on n'a jamais été, un inconnu ?

À cette époque, je me suis mis à boire. Gin et vodka, surtout. Comme je n'ai jamais supporté l'alcool, je vomissais une bonne partie de la nuit avant de me rendormir, épuisé, au petit matin. Olivia, inquiète au début, a vite compris son inutilité. Elle me téléphonait ou me mettait un mot, mais ne passait plus guère me voir. Ainsi les journées s'écoulaient-elles, en roue libre, dans la demi-conscience des médicaments et des rêveries inutiles. Des lettres d'éditeurs continuaient d'arriver. Texte trop littéraire, trop fabriqué, ressemblant trop à... (suivait en général le titre d'un des ouvrages sur lesquels j'étais intervenu). À la fin, je ne les ouvrais plus.

La crise a duré plusieurs semaines. Un soir, j'ai jeté tous les exemplaires de mon roman dans une benne de chantier au bout de la rue. Il ne me restait qu'à reprendre mon travail sur les textes de ceux qui, à défaut de devenir un jour mes confrères, restaient mes employeurs. Sur ma table désormais vide, j'ai installé le manuscrit d'un auteur qui me relançait depuis deux mois en vantant mes talents de « relecteur » (terme qu'utilisaient les écrivains renommés, ou soi-disant tels, lorsqu'ils me confiaient leur manuscrit). Une mauvaise vengeance m'a conduit à augmenter mes tarifs. Bien sûr, il fallait négocier avec plus d'âpreté, c'est-à-dire en souriant plus longtemps à mon interlocuteur. Mais au final, personne n'a protesté. Nègre : entre négociation et neige, entre commerce et pureté. Plus proche du commerce, toutefois.

Mon caractère s'est modifié. Il est devenu sinistre. J'ai pris conscience que les situations de la vie quotidienne ne m'amusaient plus. Je regardais les gens autour de moi. Ils n'étaient ni sérieux ni cocasses. Ils n'étaient rien. Tout commençait dans l'indifférence pour s'achever dans l'ennui. Mes valeurs étaient chamboulées.

J'accumulais les preuves de ce changement. Seuls les films drôles, qui m'avaient toujours laissé de marbre, parvenaient désormais à me dérider. Je lisais les blagues dans les journaux, les devinettes sur les emballages de Carambar. J'écoutais à la radio une émission calamiteuse où des personnalités enchaînent des anecdotes débiles sur fond de rires enregistrés. Je me suis acheté une « boîte à rire » pour amuser les gens qui m'appelaient au téléphone. Olivia s'est mise en colère et m'a intimé l'ordre de « balancer cette saloperie à la poubelle ». Elle redoutait les blagues que je lui racontais, et qui ne faisaient en général rire que moi. Au fil des mois, nos relations se sont dégradées. Je la sentais de plus en plus agacée par mes attitudes. Il y avait de quoi.

— Soigne-toi. Tu ne peux pas rester dans cet état.

— Je ne me soignerai pas. Cet état me convient.

— Il ne me convient pas, à moi. Adieu.

Elle ne m'a pas donné signe de vie durant un mois. Ensuite, nous avons recommencé à nous voir. Mais nous n'avons jamais retrouvé la fraîcheur des débuts. Je n'allais plus l'attendre à midi dans le hall du Méridien. Le soir, lorsqu'elle passait à l'hôtel, je ne lui proposais aucune sortie. Nous descendions au cinéma, sans enthousiasme, et elle rentrait chez elle de bonne heure. Je n'ai jamais su si je l'inquiétais ou si elle était déprimée de voir ce que nous devenions. Quelle importance ? En dehors d'Olivia, personne ne venait me voir. Sauf Pierre, mais il ne me posait jamais de question trop personnelle.

Lui non plus n'allait pas fort. Il avait mis en vente l'appartement de l'avenue de la République, mais mollement, trop cher, donc sans résultat.

— Pourtant, il faudra bien vendre. Tu penses, ce grand bazar pour moi tout seul. Financièrement je ne peux plus suivre. Les impôts me tombent dessus à cause des droits d'auteur. Non seulement je ne les ai pas déclarés, mais en plus j'ai tout dépensé sans mettre un sou de côté. Alors, tant qu'à choisir, je préfère me priver de mes cent cinquante mètres carrés plutôt que de la Cadillac. Tu n'es pas de mon avis ?

Je ne lui répondais rien. Donner un avis est la chose la plus difficile qui soit pour quelqu'un qui n'a pas d'opinion. Nous nous servions un autre gin-vodka, mélange que je lui avais fait découvrir et qui avait détrôné le chablis. Les minutes passaient, et bien qu'il eût pu être mon père (un père déjà âgé), nous ne meublions le silence qu'avec des souvenirs tristes et répétitifs comme ceux qu'échangent des copains de pensionnat.

Je me suis mis à dévorer les livres comme jamais auparavant. Il m'avait fallu près de deux ans pour venir à bout des dix-neuf tomes du *Journal littéraire* de Léautaud. Mais j'ai liquidé Stendhal en seize semaines, et Flaubert en neuf. Quant aux douze volumes de Balzac en Pléiade, ils m'ont occupé six mois. Cela faisait une moyenne modeste : deux cents pages par jour. Il est vrai que je relisais de nombreux passages, sans négliger une note ni une variante. Ensuite j'ai étudié l'index des personnages fictifs de *La Comédie humaine*, bonne occasion pour relire des passages oubliés. Car chaque détail pouvait avoir son importance. Mon travail était comparable à celui d'un alchimiste. Je cherchais à comprendre la transmutation des mots de tous les jours en mots pour écrivains. Mes propres alliages n'avaient pas fonctionné. Pourquoi ? Je finirais bien par le comprendre.

J'écrivais toujours beaucoup sur commande. Là au moins, je n'avais aucun souci à me faire. J'ai même recommencé à produire dans des registres différents pour m'amuser. Charles-Hubert avait sollicité mon aide pour sa campagne en Haute-Loire. J'ai d'abord refusé. Je ne savais pas où était la Haute-Loire, et il m'énervait trop. Il est revenu à la charge et j'ai alors accepté de l'aider, par lassitude, et à condition de ne pas l'accompagner dans ce coin perdu.

Je lui ai donc fourni une centaine de discours, avec un système de double entrée, selon le type de public et la longueur de l'allocution. Vingt minutes sur les écoles primaires ? Huit feuillets à simple interligne, chemise quatorze. Cinq minutes pour le vin d'honneur des anciens combattants ? Deux fiches bristol, chemise vingt-sept. J'avais pris un réel plaisir à ce travail. Charles-Hubert était ravi. Après sa victoire, il m'a adressé sans discussion la somme dont nous étions convenus. Sur sa carte de visite, en dessous des mentions de maire et de député au Parlement européen, il avait déjà fait figurer celle de député de la Haute-Loire.

Je l'ai remercié en lui envoyant la première et la dernière ligne de la notice biographique d'Eugène de Rastignac :

1820 : il ne croit à aucune vertu, et décide de jouer le monde, armé de pied en cap par l'égoïsme ;

1845 : comte, pair de France, ministre de la Justice ; trois cent mille livres de rente.

Il m'a téléphoné, entre la colère et la surprise. Visiblement, il connaissait mal *La Comédie humaine.*

— Qu'est-ce que c'est que ce truc ? Tu as le projet d'écrire ma biographie romancée ? Attends au moins que je sois secrétaire d'État, sinon ce sera ridicule. Trop exagéré, surtout. La vertu, l'égoïsme... Personne n'en croira un mot. On dira : ça ressemble à du Balzac.

Brave Charles-Hubert. Toujours aussi naïf et, surtout, inculte au-delà de tout. Une idée commença alors à germer en moi. Insidieuse d'abord, puis de plus en plus forte. Mais je n'en parlais à personne.

J'ai donné cet argent à Pierre pour payer ses retards d'impôts. Ainsi, ce que Charles-Hub piquait à l'État revenait dans les caisses de l'État, et en outre le vainqueur de jadis payait pour celui qu'il avait écrasé. On ne pouvait imaginer justice immanente plus accomplie. Lorsque Pierre a su l'origine des fonds, il s'est écrié :

— Les impôts, quelle plaisanterie ! Sauf si tu m'en intimes l'ordre par lettre recommandée avec accusé de réception, je n'ai pas envie de passer cet argent d'une trésorerie à l'autre. Le fisc peut attendre. Moi, je fais le voyage dont je rêve depuis l'âge de dix-huit ans. Le tour du monde.

Pendant des mois, Pierre m'a envoyé des cartes postales depuis les quatre coins des océans Pacifique et Indien. Dans la dernière, il parlait de s'installer en Mélanésie, dans les îles Salomon. « Précisément dans l'île de Malaita, dont les habitants sont noirs de peau et blonds de cheveux, ce qui est aussi gracieux qu'original », écrivait-il. Il ajoutait : « L'une des habitantes de Malaita est une fleur parmi les fleurs, le paradis terrestre à l'intérieur du paradis terrestre. Comment résister ? »

Ensuite je n'ai plus reçu de nouvelles de Pierre. Six mois plus tard, Olivia a appris sa mort par un coup de téléphone du consulat de France. Elle n'a pas voulu rapatrier son corps, à cause des frais.

Une brève cérémonie d'hommage s'est déroulée au Père-Lachaise, par une matinée grisâtre qui n'aurait pas plu à Pierre. Je l'imaginais, avenue de la République, tournant son café, le regard perdu vers la fenêtre : quelle catastrophe, ce temps. Paris, ça ne vaut pas le climat de Saigon, je te le dis, Louis.

Il y eut quelques discours lus par des chefs de cabinet, « Monsieur le Ministre n'ayant pu, à son grand regret, se dégager de ses nombreuses obligations ». On y parlait d'une vie exemplaire, entièrement consacrée au service de la République et à la grandeur de la France. Pierre avait eu raison de ne pas se déranger pour si peu. Je pensais que là-bas une jolie Noire aux cheveux d'or pleurait devant sa tombe que j'espérais couverte de fleurs.

Avec l'accord des propriétaires, j'ai installé la chambre en pitchpin à l'hôtel. Le lit possède une mauvaise taille : trop large lorsque je suis seul, et trop étroit pour deux. Cependant j'y dors. Il y a aussi la Cadillac, dont j'ai hérité et qui ne me sert à rien, puisque je ne sais pas conduire. Elle ne quitte plus le garage de Levallois. L'autre jour, nous parlions de Pierre, Olivia et moi. Soudain, elle a semblé changer de conversation, et s'est étonnée en souriant :

— Je ne te soupçonnais pas si fidèle.

— Pourquoi dis-tu cela ? Jamais je ne t'ai trompée.

— Je ne parle pas de ta fidélité aux êtres. Sur elle, j'ai une petite idée. Elle est plus indolence de l'habitude que véritable choix. Non. Je pensais à celle que tu voues maintenant aux objets. Le pick-up, la chambre à coucher, la voiture de papa... Toi qui ne tenais à rien, aujourd'hui tu ne pourrais plus t'en séparer.

— Je n'ai aucun mérite Ces objets sont comme des photos de famille. En les regardant, je suis ramené à la seule jeunesse qui ait compté pour moi. Celle de l'année passée avenue de la République. Une grande personne qui me regardait avec amour m'a permis d'être moi-même et d'écrire.

Au téléphone, la secrétaire m'avait prévenu :

— Il va être content que vous preniez rendez-vous, le patron. Je ne sais pas ce que vous voulez lui annoncer, mais j'espère que ce sera votre retour. Depuis que vous nous avez abandonnés, les tirages de la collection « Expériences vécues » n'ont pas arrêté de baisser.

L'éditeur m'a accueilli à la porte de son bureau avec un large sourire. J'étais un ami relevant de convalescence qu'on retrouve en bonne santé.

— Louis, vous êtes resplendissant ! Ça fait plaisir de vous revoir. Je vous offre un verre ?

Il s'est renversé dans son fauteuil, à l'américaine, comme avant. Le temps l'avait à peine effleuré. Le visage demeurait élégant, malgré les traits qui s'étaient épaissis. Il portait un costume gris anthracite et, sur une chemise bleu clair, une grosse cravate tricotée. L'ensemble accentuait la ressemblance avec Lino Ventura.

D'ailleurs, je me suis souvenu que certains mauvais esprits de la profession le surnommaient : le tonton flingueur. Depuis le début de sa carrière, il avait en effet accumulé ce qu'il appelait « des coups tordus » et descendu nombre de concurrents. La pensée d'être assis en face du sosie d'un truand a levé mes ultimes réticences. Je me suis jeté à l'eau, avant même que le whisky (« scotch », dans la terminologie du tonton flingueur) ne fasse son effet. Sur son bureau, je posai une centaine de feuillets.

— Je vous ai apporté un texte qui sort de l'ordinaire. Il s'agit d'un inédit de Balzac. Ça ne doit plus courir les rues.

Il a froncé les sourcils.

— Où l'avez-vous déniché, votre inédit ?

Il feuilletait le manuscrit, incrédule, préoccupé.

— *La Fin de Rastignac.* Titre net, comme souvent chez Balzac. « Par une journée printanière de mai 1847, un jeune homme bien mis passait le porche d'un splendide hôtel situé au 14 bis de la rue de Bourbon. Le lecteur peu soucieux des mœurs de notre époque doit en effet savoir que, des multiples endroits fréquentés par les Parisiens en renom, l'hôtel de Rastignac figure parmi les plus brillants. La beauté du mobilier disposé avec art sur les tapis d'Aubusson, l'éclat des fêtes qui chaque mois illuminent les vastes salons de mille torchères éclairées… »

Quel style ! Plus personne n'oserait écrire comme ça aujourd'hui. Et pourtant, ça fonctionne drôlement bien, surtout sur le visuel. Dites donc, elle n'a pas l'air mal du tout, votre trouvaille. Racontez-moi.

— Le titre vous donne la clé. Dans l'œuvre de Balzac, Rastignac apparaît pour la dernière fois dans un roman mineur, *Les Comédiens sans le savoir*. Un personnage l'évoque au détour d'une conversation. Le lecteur apprend alors qu'il est ministre de la Justice, que le roi l'a fait comte, et que...

— Oui, oui, passons, coupa l'éditeur. Mais votre texte, d'où sort-il ?

— Un instant. Vous connaissez un peu les dernières années de Balzac ?

— Comme tout le monde, vaguement. Il écrivait sans cesse, le jour, la nuit, à coups de café, pour payer ses dettes, non ?

— Pas tout à fait. Il est malade, il voyage, il fait le joli cœur auprès de Mme Hanska. Bref, il ne publie à peu près rien pendant les trois dernières années de sa vie. Mais on sait qu'il écrit, puisqu'il laisse des romans inachevés. Entre autres, *Le Député d'Arcis*, où on découvre un Rastignac magnifique et intrigant. Il habite l'hôtel situé rue de Bourbon dont...

— Ouf ! Vous me rassurez. Je sais enfin à quoi vous avez consacré les années durant lesquelles vous n'avez pas travaillé pour moi.

Vous prépariez un doctorat d'État sur les dernières années de Balzac. Et vous avez déniché ce manuscrit en fouillant dans des archives poussiéreuses. Je me trompe ?

— Pas exactement. Je continue. L'œuvre de Balzac s'achevait jusqu'à présent sur un Rastignac en points de suspension. Voilà où ce texte prend toute sa force. Vous avez entre les mains le point final : la mort de Rastignac, trahi par le fils illégitime qu'il a eu avec Delphine de Nucingen, vingt-cinq ans plus tôt, à l'époque de la pension Vauquer et du père Goriot. Vous lirez. On apprend tout cela dans les premières pages. Fin d'autant plus tragique qu'il est marié depuis dix ans avec la fille de Delphine et du baron, Augusta. Alors, vous imaginez l'intrigue qui se noue ainsi entre les deux existences ! Dans les cent pages qui suivent, on va de rebondissement en rebondissement. Je vous passe les détails.

— Merci, professeur. Vous connaissez votre sujet admirablement. Je suppose que vous allez nous écrire une belle préface où vous raconterez l'histoire du chef-d'œuvre retrouvé ? Parce que vous ne m'avez toujours rien dit sur la provenance du texte.

— D'accord. Je peux aussi vous écrire la préface.

— Pourquoi, « aussi » ?

— Parce que c'est moi qui ai écrit le roman. Ne me dites pas que vous n'aviez pas compris.

Je ne m'attendais pas à ce que cette information lui fasse autant d'effet. Il a failli tomber de son fauteuil.

— Mais vous êtes dingue, Louis. Pourquoi avez-vous fait ça ? Vous devenez faussaire, maintenant ? Vous savez qu'on peut se retrouver derrière les barreaux, avec une histoire pareille ?

Il pensait déjà à l'après-publication. J'étais en bonne voie.

— Pourquoi ? Il ne doit plus y avoir beaucoup d'ayants droit à l'œuvre de Balzac, je suppose. Et puis on va peaufiner la mise en scène. Voici mon scénario en deux mots, vous y réfléchirez. En 1849, Balzac passe plusieurs mois en Ukraine, chez Mme Hanska, à Wierzchownia. Toute sa vie il a exercé trois activités essentielles : dépenser de l'argent, écrire et baiser. Il continue. Par exemple, il écrit *La Fin de Rastignac*. Ensuite, Balzac et Mme Hanska se marient et viennent s'installer en France. Dans la précipitation Honoré oublie d'emporter son manuscrit. D'ailleurs il en commence tellement... Mais il ne retournera jamais en Ukraine. Il mourra quelques mois plus tard, et le roman tombe dans l'oubli pendant près de cent cinquante ans. La suite est enfantine à inventer.

Je marquai une pause, allumai une cigarette, lentement, pour maintenir le suspense. Plus tard, je ferai de vrais-faux romans policiers, signés Peter Cheyney ou John Le Carré.

— Chute de l'Union soviétique. Un chercheur français se promène dans le coin (au point où nous en sommes, on peut l'inventer aussi), dépouille des archives oubliées, tombe sur le manuscrit, et vous publiez.

— Bravo. Et je me retrouve avec vingt-cinq procès aux fesses. La Société des amis de Balzac, le gouvernement ukrainien, les Auteurs, l'Académie française, la Sorbonne, tout le monde s'y met.

— Admettons. Et à chaque procès, le tirage augmente. En cas de gros risque, vous me faites porter toute la responsabilité. Comme vous ne m'aurez pas versé un centime, le délit de corruption tombera de lui-même. Restera le canular. Il sera énorme. Vous verrez que certains spécialistes de Balzac prendront la défense du texte, preuves à l'appui. Si vous jouez bien le coup, vous devenez un héros : l'éditeur qui a démontré que la critique universitaire est pire que la critique littéraire traditionnelle. Plus incompétente et encore plus prétentieuse.

J'avais glissé l'absence de rémunération au détour d'une phrase, comme un détail négligeable. L'éditeur, qui avait bien entendu, restait malgré tout sur ses gardes. Du point de vue psychologique, je l'effrayais.

— Ça cache quelque chose, votre histoire. Vous ne voulez pas de droits d'auteur. Alors, qu'est-ce que vous me demandez ? Vous ne m'apportez pas ce manuscrit pour le seul plaisir.

— Vous vous trompez. Ce plaisir, qui est immense, vaut tous les cachets de la terre. Peut-être que vous avez raison. Je dois être un peu dérangé. Ou bien je cours après l'exploit. Est-ce qu'un illusionniste ne cherche pas toujours un nouveau tour, plus spectaculaire que les précédents ? Un tour qu'il puisse annoncer au public par ces mots : attention, mesdames et messieurs, ce que vous allez voir n'est pas un trucage, mais la vérité elle-même ? J'en suis là. Au-delà de l'illusion, il y a la magie. Fini le nègre. Vive le faussaire.

Loin de le rassurer, mon enthousiasme l'inquiétait. Je m'emballais trop vite. D'ordinaire si expansif, il attendait maintenant la suite, sans m'interrompre. Mon débit s'était accéléré. Je ne bafouillais plus. J'ai enchaîné. Au point où j'en étais...

— Non, je ne veux pas un centime. Mais j'aimerais bien que vous vous engagiez à publier le manuscrit suivant. Je crois qu'il vous surprendra bien, lui aussi.

Il s'est avancé au bord de son siège, en posant ses avant-bras sur le bureau, et en croisant les mains. Il paraissait troublé. Sa voix s'est faite imperceptible. Celle d'un directeur de conscience qui cherche le ton exact face à un pécheur pour qui il éprouve de la compassion.

— Louis, est-ce que vous avez conscience des propos que vous me tenez depuis quelques minutes ? Notre conversation est surréaliste. D'abord vous me collez un faux entre les mains. Ensuite vous me demandez un engagement de publication sur un texte que je ne connais même pas. Vous devez être en train de mijoter une drôle de cuisine. Je dirais bien : une ténébreuse affaire, si j'avais le cœur à rire. Mais je n'ai pas du tout le cœur à rire. Vous me fichez la trouille, Louis. Et puis ça suffit. On ne va pas jouer aux devinettes pendant tout l'après-midi. Ou vous me dites tout, ou nous en restons là.

Je me suis penché vers le bureau en avançant les mains, comme lui. Nous devenions des complices qui jaugent leur détermination mutuelle, yeux dans les yeux.

— D'accord, vous avez gagné. À votre place, j'aurais réagi de la même façon. On ne peut pas s'engager sur rien. Je vais vous expliquer mon projet. Mais ne vous scandalisez pas. Il s'agit encore d'un travail de faussaire. Au second degré, même.

Je n'ai pas eu besoin d'un long développement. Trois phrases ont suffi. L'éditeur s'est rassis, lentement, sans me quitter des yeux.

— Je ne sais pas où vous allez chercher tout ça, Louis. Votre truc est tordu mais fort, je dois reconnaître. Banco. Je vous suis pour les deux textes.

Il décrocha son téléphone. Pendant qu'il attendait le responsable de fabrication pour *La Fin de Rastignac*, il a étouffé le micro du combiné et m'a murmuré :

— Vous m'inquiétez. Je me demande si vous pouvez vous arrêter, au point où vous en êtes. Faites tout de même gaffe. Et pas seulement à la justice.

En matière stratégique, l'hésitation nuit beaucoup. Les attaques efficaces sont toujours fulgurantes. Or, d'habitude téméraire, l'éditeur se mit à temporiser.

Il prit peur quelques jours avant l'impression de *La Fin de Rastignac*. Sentiment corrosif. Depuis le début, son avocat n'avait eu de cesse de le rappeler à la prudence. Il finit par l'emporter en émettant la suggestion, idiote, d'imprimer le nom de Balzac entre parenthèses. L'éditeur l'écouta, avec une promptitude pleine de reconnaissance.

Le résultat s'avéra calamiteux. La couverture était ridicule. Plus gravement, cette précaution signait des aveux. Personne ne crut à l'authenticité d'un tel texte. Un critique résuma l'opinion de nombreux lecteurs en écrivant : « *La Fin de Rastignac*, qui est à l'évidence une supercherie, possède toutes les qualités d'un véritable roman balzacien. Voilà sa force, mais aussi sa faiblesse : qu'ajoute-t-il en effet à la mémoire du Napoléon des lettres et au mérite de son talentueux plagiaire ? Rien. »

Les attachées de presse se répandirent auprès des journalistes. En vain. Leurs explications étaient fumeuses : comme le roman avait échappé aux études des spécialistes, on avait préféré une présentation pudique ; mais selon l'issue des travaux en cours, les rééditions feraient disparaître les parenthèses ou le nom tout entier, etc. Les travaux en cours ? Tissu de mensonges. Évidemment, aucun universitaire ne s'était penché sur un texte qui, d'entrée de jeu, avouait son caractère apocryphe.

Je ne décolérais pas. Lorsqu'il m'avait informé de sa décision, j'avais expliqué à l'éditeur qu'à tout prendre, il aurait été préférable de garder au texte son anonymat. Bien qu'ayant reconnu un roman de Balzac, personne n'aurait pu protester et il aurait continué à dormir tranquille. Une bonne préface, mêlant les affirmations prudentes et les confidences déguisées, aurait levé un coin du voile. Mais on ne m'avait pas écouté. Ni l'éditeur, ni son directeur littéraire, ni le directeur commercial. L'édition n'était plus ce qu'elle était. Balzac devait se retourner dans sa tombe. Heureusement qu'il n'était pas tombé sur des incapables pareils... De telles formules, qui m'avaient échappé un jour de colère, n'avaient pas plu à tout le monde.

Mon texte a dû se défendre tout seul. Il n'a pas démérité, car les ventes ont été élevées et l'éditeur a réalisé une bonne opération financière. Mais le prestige intellectuel de sa maison n'en est pas sorti grandi, et la bataille d'experts qu'il espérait n'a pas eu lieu. Ayant choisi une solution intermédiaire, il recueillait logiquement des résultats mitigés. Comme nous avions en commun le mépris des choix fondés sur le calcul, il était gêné. Les rares fois où je l'appelais au téléphone, après notre explication orageuse, il n'était pas disponible.

Pendant cette période, je ne suis pas sorti de chez moi. D'abord je n'en avais ni envie ni besoin. Surtout je travaillais sur mon second manuscrit. Il me réclamait une grande énergie. Olivia passait parfois me voir. Elle s'inquiétait de mon alimentation, de mon linge. Je lui répondais que cela n'avait pas d'importance. Nous ne faisions plus jamais l'amour. Une partie de moi-même était loin des choses matérielles et sentimentales. J'écoutais les disques de Pierre, comme avant, quand j'étais nègre. J'écrivais la nuit, comme Balzac. J'étais un faussaire qui allait tromper tout le monde, comme Romain Gary.

J'ai achevé le manuscrit. Il ne m'avait guère demandé plus de dix semaines, passées dans une fièvre et une solitude extrêmes. J'avais hâte de le voir imprimé. Cette fois-ci, je ne me laisserais pas faire.

L'éditeur a mis du temps à me recevoir. Je ne parvenais pas à décrocher un rendez-vous. Quand nous avons arrêté un jour, sa secrétaire m'a téléphoné deux heures avant pour changer la date. Il devait partir d'urgence en province et remettait notre rencontre à la semaine suivante. Le jour où j'ai enfin passé la porte de son bureau, j'avais attendu plus d'une heure dans le couloir. Il m'a serré la main en évitant mon regard et en bafouillant des excuses : on venait de lui passer un coup de téléphone aussi important qu'imprévu.

Quelqu'un que je n'avais pas remarqué en entrant s'est levé d'un fauteuil, l'air contraint. C'était un petit homme au sourire figé qui ne me disait rien de bon. Il portait un blazer d'amiral, strict et long. Sur son buste court, l'effet était désastreux. D'ailleurs son allure générale, son rictus, sa minuscule moustache le rangeaient dans la catégorie de ceux qui poussent les portes avec une déférence due à leur fonction mais où affleure un mépris complet du client : portiers de bar, ordonnateurs de pompes funèbres, commis d'huissier.

— Je vous présente maître Le Gall, mon conseil juridique, auquel j'ai demandé de participer à notre entretien pour que nous puissions parler tous les trois de votre manuscrit.

Tous les trois ? Cela faisait du monde sur le même texte. Nous nous sommes salués avec la froideur de duellistes qui échangent leurs armes.

L'éditeur meublait le silence avec un enjouement artificiel qui m'agaçait. Il avançait les fauteuils, déplorait le temps pluvieux, nous présentait une boîte à cigarettes. Comment Pierre avait-il pu être l'ami intime de ce pantin ? Maître Le Gall regardait une reproduction accrochée au mur, avec ennui. J'ai suivi son regard. La pièce a commencé à tourner.

C'était le tableau de Corot de mon rêve, à la maison de santé, avec les petits personnages qui lèvent les bras vers le ciel d'orage. Tout le contenu du rêve me revint alors avec précision : le canapé sur lequel Proust était allongé, avec la même lassitude que cet avocat nain. Machinalement, je me retournai vers la fenêtre. Mais Cocteau n'était pas en train d'écarter le rideau pour regarder en bas si sa voiture arrivait. Au contraire, il s'est retourné et m'a adressé la parole, doigt levé, comme un maître d'école : « Écoute-moi avec attention, Louis. Je vais te confier le secret pour écrire. Il suffit de parvenir à garder les yeux ouverts et fermés en même temps. C'est-à-dire qu'il faut se souvenir et oublier, toujours en même temps. Encore se souvenir, et encore oublier, jusqu'à l'épuisement, jusqu'à la mort. Tu vois, c'est assez facile. Mais jusqu'à présent, tu n'y es pas arrivé. »

Je me suis essuyé le front. L'éditeur m'a pris le bras.

— Ça ne va pas, Louis ? Vous êtes tout pâle, d'un seul coup. Asseyez-vous. Je vous sers un scotch léger, histoire de revenir dans la course ?

Pendant quelques minutes, il ne s'est rien passé. Je buvais mon whisky sans quitter des yeux le tableau que j'avais l'impression de connaître depuis mon enfance. Maître Le Gall soufflait fort, dans le silence. L'éditeur parcourait son courrier en feuilletant les intercalaires d'un parapheur avant de signer rageusement, comme s'il assouvissait une vengeance. Aujourd'hui, les actes les plus anodins me paraissaient brutaux. Puis il a refermé le tout avec contentement et a levé les yeux vers nous.

— Vous vous sentez mieux ? Vous m'avez fait peur. On peut commencer ?

J'ai failli lui demander quoi, mais je me suis retenu. J'avais envie de me lever et de partir vers une de ces destinées dont l'hypothèse nous effleure lorsque tout va mal. L'élevage de moutons en Lozère, le professorat en lycée agricole, l'agression à main armée. Maître Le Gall s'est tourné vers moi avec l'intention de me venir en aide, ce à quoi je n'ai pas cru un instant.

— Nous vous écoutons, monsieur. Alors, ce texte ?

— Il est achevé. Le voilà.

Il tendit les mains, avec une onction de chanoine. L'éditeur le laissa faire. Peut-être le tonton flingueur craignait-il de laisser ses propres empreintes sur le document.

— Permettez... Je vois, je vois.

Il cherchait ses phrases, par politesse. Mais le fond était arrêté depuis longtemps. Son regard, vide, ne parcourait même pas les feuillets. L'éditeur tapotait son sous-main. Maître Le Gall plongea dans le texte de son rôle. J'espérais qu'au moins on le payait convenablement pour ce genre de travail.

— Vous ne redoutez pas que sa publication entraîne de gros risques ? La maison a déjà eu bien des soucis avec votre Balzac. Et là, de nouveau... Pour tout dire, je ne vois pas comment éviter les procès en cascade si on publie ce manuscrit. En plus il est impossible de maquiller quoi que ce soit. On se prend les pieds dans le tapis à chaque pas, cher monsieur. Si nous mettons le nom de l'auteur entre parenthèses comme je l'ai suggéré pour le Balzac, nous sombrons dans le ridicule.

L'éditeur l'a interrompu d'un geste magistral, entre le chef d'orchestre et le maître de manège. En un instant, il redevint lui-même. Un joueur invétéré qui avait passé sa vie à miser des fortunes sur des numéros secs. Souvent, il avait gagné.

— Ah non, ça suffit. Je ne vais pas continuer à sortir des premières de couverture avec des parenthèses. Bientôt on pourra mettre aussi le nom de la maison entre parenthèses, et après à la poubelle, en vitesse. Trouvez-moi autre chose. Ras le bol, les parenthèses.

Il s'est resservi un deuxième whisky en tremblant. Le Gall a souri, avec le calme exaspérant de celui qui contemple les vices des hommes pour mieux en jouir. Rien ne modifiait son jeu. Il passait sa scène comme il l'avait travaillée. Un instant, l'idée horrible que l'éditeur lui donnait une réplique convenue m'effleura, puis disparut.

— Je reprends. Tout est provocateur, dans votre entreprise. J'étais un peu prévenu, mais tout de même. Mon opinion est faite. Nous ne pouvons pas publier un tel texte.

Il posa le manuscrit sur le bureau, comme s'il voulait mieux le contempler, à distance. Sur la couverture, les lettres s'alignaient, de toute leur hauteur provocatrice :

ÉMILE AJAR
LETTRE POSTHUME
À LOUIS-FERDINAND CÉLINE

La tirade était finie. Maître le Gall attendait les répliques suivantes. Mais l'éditeur restait muet. En désespoir de cause, le nain reprit la parole. Ce fut son erreur. L'improvisation n'était pas son fort.

— De plus, on est loin du domaine public. Romain Gary est mort il y a une dizaine d'années, je crois ?

Ils se sont regardés, sourcils froncés. Les questions techniques constituent de formidables refuges dans les moments difficiles. L'éditeur a écarté les bras avec une moue d'impuissance. Aussi nuls l'un que l'autre. Je suis intervenu.

— Romain Gary s'est suicidé le 2 décembre 1980. C'est le troisième 2 décembre célèbre de l'histoire. Les deux premiers étaient Austerlitz et le coup d'État de Napoléon III. L'historique, le parodique et le tragique. Belle trilogie. Et alors ? On s'en fout, de Romain Gary. Arrêtez de dire n'importe quoi. Sur le manuscrit, il est écrit : Émile Ajar. Vous ne savez pas lire ?

Le Gall blêmit. J'ai cru que nous allions nous lever et nous battre. L'éventualité d'arracher les boutons dorés de son blazer m'émoustillait. Ce serait comme une dégradation solennelle en présence des autorités supérieures. L'éditeur s'est interposé.

— Louis, je vous en prie. Arrêtez votre numéro. Maître, vous devriez être habitué aux auteurs, tout de même... À votre manière, vous avez raison tous les deux. Louis, vous êtes un créateur authentique. L'exploit, voilà ce qui vous passionne. Vous voulez écrire ce que personne avant vous n'a osé écrire. Après les faux, les faux à l'intérieur des faux, et ainsi de suite. Comme je vous disais l'autre fois, je ne sais pas où tout cela va vous mener. Mais je respecte vos choix. D'accord. Vous admettrez cependant qu'il y a une loi en France. Tous les coups ne sont pas permis. Alors nous sommes là, aujourd'hui, pour trouver des solutions, avec l'aide de maître Le Gall. Malgré les difficultés, on va y arriver. On doit pouvoir passer à travers les gouttes sans se mouiller.

Il marqua une pause, et se servit un troisième verre. Le Gall en profita pour susurrer :

— Permettez-moi une observation. Lorsque vous vous demandez où tout cela va mener, pour moi la réponse est évidente. Peut-être n'ai-je pas été suffisamment explicite tout à l'heure, auquel cas je le déplore. Je précise donc ma pensée : cette affaire va vous mener au tribunal, tout simplement.

Il ricana. L'éditeur lui emballa son paquet.

— N'exagérons rien. Vous, les avocats, vous êtes terribles. Dans un prétoire, vous défendez le dernier des salauds en expliquant aux juges que ce n'est qu'un pauvre innocent, voire une victime de la société. Mais quand on vous demande conseil pour une affaire qui ne ferait pas de mal à une mouche, tranquillement, dans un bureau, alors vous voyez le mal partout, vous avez des terreurs de vierges offensées. Je vous jure, vous êtes emmerdants. Si on vous écoutait, on ne se lèverait jamais le matin, sauf pour aller assassiner une vieille dame, parce que là, pas de souci à se faire, vous vous mettriez en quatre pour obtenir l'acquittement.

Il se tut, ravi de son effet. Je le trouvai soudain à la hauteur de la situation. Qu'il fiche cet avorton à la porte, et qu'on n'en parle plus.

Le Gall se claqua les mains sur les cuisses.

— Agissez comme bon vous semble. Mais je vous annonce une demi-douzaine de procès, à commencer par vos confrères. Vous n'imaginez pas que Gallimard, et le Mercure vont accepter sans sourciller que vous leur voliez leurs auteurs, tout de même.

Les affaires reprenaient. Je pouvais m'offrir le luxe d'une concession. Le baiser de la mort.

— Maître, je saisis bien le sens de vos mises en garde et des multiples précautions que vous prenez. Le hasard est amusant, parce que dans mon manuscrit, à un moment donné, j'évoque la chambre qui vota les pleins pouvoirs à Pétain en 1940. Vous lirez. Je rappelle qu'elle contenait beaucoup d'avocats. Eh bien, ils ne furent pas inquiétés par la suite ! Vous voyez, dans votre profession, le conformisme prudent finit toujours par payer.

On ne l'avait pas mandaté pour réagir à des éléments extérieurs au dossier. Sur son visage, rien ne frémit donc. Je repris, avec un surcroît de gentillesse.

— En tout cas, acceptez mes excuses pour mon emportement. Que voulez-vous, j'éprouve la fierté imbécile d'un père devant son nouveau-né. J'ai bien suivi votre raisonnement. Mais j'entrevois tout de même une faille par laquelle on peut se faufiler. Et passer à travers les gouttes, comme dit notre ami.

Nous avons souri tous trois du coin des lèvres. J'avais vu juste. Cela sentait l'armistice. L'éditeur était soulagé par la tournure de la conversation.

— L'astuce, la voilà. Je ne prétends pas me substituer à Romain Gary, admirable auteur. D'ailleurs vous avez remarqué que son nom ne figure pas sur la couverture, ni dans le corps du manuscrit. Ce sont votre imagination et votre culture littéraire qui créent l'amalgame : Ajar égale Gary. Mais il faut oublier cela. Émile Ajar, lui, il n'a jamais existé. Voilà au moins une certitude. Dès lors, la seule question qu'il faut se poser, la voici : est-il interdit d'écrire sous une identité qui n'appartient à personne ? Qui je vole, qui je trahis ? Si demain, je publie les Mémoires de Robinson Crusoé, de Jack l'Éventreur, ou d'Adam et Ève, qui viendra me faire un procès ? Un éditeur, une famille, un homonyme ? À moins qu'Émile Ajar soit une marque déposée, ce dont je doute.

— Il faut vérifier, je ne sais pas, dit maître Le Gall d'une voix molle.

Il ne bougeait plus. La vie, c'est comme le ski. Les accidents les plus graves ont souvent lieu à l'arrêt, quand l'attention se relâche. L'éditeur triomphait. Il sabotait le côté précautionneux de lui-même. Je l'aimais bien dans ces moments-là.

— En tout cas, on ne s'embarque pas sans biscuit. Je l'attends, moi, le procès. Et de pied ferme.

Il s'empara du manuscrit sur la table, le tapa brutalement avec le dos de la main. Chez lui, les gestes violents venaient toujours étayer une affirmation.

— Émile Ajar, *Lettre posthume à Louis-Ferdinand Céline*. Un écrivain qui n'a jamais existé a quand même le droit d'écrire à un confrère mort, nom de Dieu !

Le Gall nous regardait comme deux sadiques sur le point de commettre un nouveau meurtre. L'éditeur ouvrit le manuscrit avec fébrilité.

— En plus, je suis sûr que le texte se lit bien et qu'on apprend plein de choses sur Céline, Ajar, Gary... Non, pas Gary. Enfin, je me comprends.

Il chaussa ses lunettes et se mit à lire, comme au collège le professeur lisait mes dissertations devant la classe après s'être moqué des tropes alambiqués de ce pauvre Charles-Hubert.

— « Ça fait déjà un bout de temps que j'avais envie de t'écrire, mon petit Destouches, mais je ne savais pas où expédier ma lettre. Jusqu'au jour où ton adresse m'est revenue : l'enfer. Si tu avais moins haï des gens comme madame Rosa, tu n'en serais pas là. La haine, Louis-Ferdinand, elle amaigrit celui qui la porte en lui, elle ronge ses lèvres. Sur les dernières photos prises à Meudon tu ne pèses pas lourd et ta bouche est serrée. Tu vois ce que je veux dire ?

» L'enfer, on n'a pas trouvé mieux dans le genre malédiction éternelle. C'est aussi l'endroit où on range dans les musées les tableaux oubliés, les livres grivois, les statues douteuses, toutes ces choses démodées qui feraient rigoler les visiteurs s'ils les voyaient. Une cave, comme celle qu'aimaient tes copains dans les années quarante, peut-être as-tu gardé des souvenirs de cette époque. Parfois je me demande si tu n'habites pas aussi ces ténèbres-là, je souris et je me dis que là où tu végètes, les livres et les êtres n'ont plus grande valeur. Alors j'ai décidé de t'écrire pour te parler de tout ça, qui me fait de l'inquiétude et de la peine. »

Il referma le manuscrit et me regarda pardessus ses lunettes. Le Gall se taisait. Celui-là ne comprenait rien à la littérature, c'était clair. L'éditeur a pris sa petite voix protectrice, la même que Pierre quand il appréciait ce que j'écrivais :

— J'aime bien, Louis. Votre texte me rassure. Laissez-le-moi, je le lis cet après-midi.

Il m'a donné une tape amicale dans le dos. Sur le tableau de Corot, les personnages avaient le même air affolé. Cependant l'orage s'éloignait.

La suite, vous vous la rappelez sans doute. Le scandale dès la parution du livre, les articles dans la presse, les dépôts de plaintes en cascade. Le petit monde des lettres était entré en effervescence, cherchant à connaître l'auteur du livre. Mon éditeur, sollicité de toutes parts, jouait son rôle à la perfection. Inutile de le cuisiner sur l'origine du texte, il ne savait rien de plus. Le manuscrit était arrivé par la poste, anonymement. Comme *La Vie devant soi*, vingt ans plus tôt. Comme *Voyage au bout de la nuit*, il y avait plus de cinquante ans.

Je suivais les événements de loin. Ils me laissaient indifférent. Après m'être détaché de ma propre vie, je me détournais de mes textes. « Mes » textes ? Ils l'étaient si peu. Maintenant la boucle se refermait. J'étais entré dans l'écriture par hasard, j'en sortais par nécessité. Et les deux fois, sous le masque de l'anonymat. La comédie était achevée, on pouvait ranger les accessoires.

J'avais atteint mon objectif. Démontrer que les écrivains n'existent pas. Ils s'inventent eux-mêmes, plus encore que les personnages qu'ils croient créer. Qui était Victor Hugo ? La réponse va de soi : un fou qui se prenait pour Victor Hugo. J'étais assis au bord du trou noir des lettres par lequel le réel s'engouffre et devient autre chose, de l'antimatière, du négatif. Vous vous souvenez : dans le cimetière des mots qu'on appelle dictionnaire, nègre voisine avec néguentropie. Ce n'est pas un hasard. Lentement, au fil des années, j'avais infléchi le mouvement entropique, contribuant avec mes modestes moyens à accroître le potentiel énergétique des mots, à les sortir de leur gangue de banalités, à les faire exister par eux-mêmes.

Un seul détail continuait à m'intriguer : la hiérarchie des fautes qu'instauraient mes contemporains. Faire le travail à la place d'un vivant ne choquait personne. On m'avait même payé durant des années pour ça. Par comparaison, prendre la place d'un mort s'avérait plus délicat, comme l'avait démontré l'affaire Balzac. Mais le délit majeur, je l'avais commis en occupant la place d'un fantôme. À partir du moment où j'usurpais une fonction qui n'avait jamais existé, je commettais un crime impardonnable. J'étais le petit garçon qui découvre la nudité du roi, n'hésite pas à le crier, et se fait conspuer par la foule.

— Mais alors, quel est celui qui écrit ? me demanda l'éditeur, attentif, clignant des yeux parce que le soleil l'aveuglait.

Nous étions assis à la terrasse de l'auberge des bords de Seine où je l'avais emmené déjeuner, en souvenir de Pierre et pour le remercier d'avoir publié mes deux manuscrits. Il avait posé sa veste sur le dossier de la chaise, et il était détendu. Après plusieurs semaines, les turbulences de l'affaire Ajar se calmaient un peu. Aujourd'hui, nous partagions des moments comme je les aime. Arrachés à la vie quotidienne.

— Qui écrit ? Je ne peux pas vous répondre. Vous, moi, tout le monde et personne. Les mots circulent, forment des phrases qui à leur tour deviennent volumes. Comme l'annonce le Livre : au commencement était le Verbe. Et puis au milieu, à la fin, partout. Seuls les mots peuvent vivre par eux-mêmes. C'est simple, et cela n'empêche pas qu'on n'y comprend rien.

Il se servit un autre verre de chablis. Il observa qu'avec les écrevisses flambées au cognac, le choix était parfait.

— C'était le repas préféré de Pierre. Nous l'avons fait des dizaines de fois. Après, on prenait toujours une viande grillée suivie de profiteroles et d'un double café. Tout en déjeunant on regardait les péniches au loin. Pierre me parlait de Sisley, de Pissarro, des éclats de lumière dorée sur le fleuve. Ou bien il se taisait, cela n'avait pas d'importance.

Une pensée le préoccupait depuis un moment. Sourcils froncés, yeux baissés, il osa la question.

— Il y a quelque chose que je ne saisis pas. Votre pratique d'écrivain cloche par rapport à votre théorie. Pourquoi n'avez-vous jamais réussi à écrire un livre sans passer par une autre identité ? Vous avez pourtant essayé. Ce manuscrit d'il y a deux ou trois ans, dont vous me parliez tout à l'heure, et qui ressemblait tellement au prix de Beyer, je m'en souviens maintenant. Notre lecteur avait été intrigué et me l'avait envoyé avec un mot, parce qu'il sentait quelque chose, un frémissement. Je l'avais parcouru. Le lecteur avait raison. Malgré des gaucheries à chaque page et une histoire qui ne décollait jamais, ce manuscrit renfermait des promesses. Mais j'étais à cent lieues de penser que ce texte était de vous. Si j'avais su...

— Eh bien ? Vous l'auriez refusé, comme vous avez fait, comme l'ont fait tous vos confrères. Simplement vous m'auriez mis un mot plus courtois que la lettre type que vous m'avez adressée. Mais le résultat aurait été le même. Quelle importance ?

— Oui, mais enfin... Votre talent, votre sens des mots... Je vous répète : je ne comprends pas.

Je pris mon air de conspirateur, en chargeant mes effets jusqu'à la limite du cabotinage.

— Vous connaissez comme moi la destinée des sons qui nous entourent. Ils ne meurent jamais. Ils circulent éternellement dans l'univers. Mais nous ne les distinguons pas, parce que nous ne possédons pas les bons capteurs. Les savants vous expliqueront qu'il s'agit d'une question de longueurs d'onde. Aussi ce tintamarre continuel demeure-t-il inaudible. Heureusement, les radios interceptent certaines de ces ondes. Et nous, nous percevons les sons grâce à ces appareils récepteurs.

» Alors, voici mon idée. Les mots, ce sont des ondes abstraites. Ils voyagent à travers l'univers sans jamais se perdre. Et, pas plus que les ondes sonores, nous ne disposons des moyens pour les capter. Sauf certains d'entre nous : les écrivains. Les autres hommes se contentent de lire, comme ils écoutent la radio, avec plus ou moins d'attention. Mais ils ne déchiffrent pas. Cocteau, grand spécialiste de ce décryptage, disait qu'il décalquait l'invisible, en ajoutant : invisible à vous.

» Vous n'êtes pas écrivain. Moi non plus. Parce que nous ne savons pas capter les mots qui tournent autour de nous. C'est triste, mais nous n'y pouvons rien. Sauf nous consoler en lisant un peu mieux que d'autres. Aussi exerçons-nous avec un certain talent les métiers qui sont les nôtres : vous éditeur, et moi nègre, tendance faussaire. Mais jamais nous ne pourrons écrire une ligne qui n'aura pas été captée au préalable par d'autres. Tant pis. Comme disait Cocteau, encore lui : puisque ces mystères nous dépassent, feignons d'en être les organisateurs.

» Et puis je me tais. Vous ai-je dit que j'ai enseigné il y a quelques années ? La maladie explicative se contracte vite et se perd mal.

— Mais dans l'affaire Ajar, il est clair qu'il y a escalade. Quel objectif poursuiviez-vous ?

— Vous êtes terrible. Comment voulez-vous que je décortique mes écrevisses si vous me posez tout le temps des questions ? Il y a une douzaine d'années, lorsque je composais tout seul le journal de campagne de Charles-Hubert, j'ai découvert le bonheur d'inventer des personnages et des situations.

— Tout romancier le connaît.

— Pas avec une telle force. Les personnages se télescopaient dans la même page, puis disparaissaient. Parfois ils revenaient, le temps d'une lettre. Je mettais en place des situations éclatées qui me délivraient du souci d'une histoire linéaire. Quand vous écrivez, Madame Bovary, c'est toujours vous, et l'impression est grisante. Alors, pourquoi ne pas la multiplier ? J'ai ainsi vécu avec des créatures différentes pendant des années, dans l'ivresse d'un bal masqué où l'anonymat permet de multiplier les rencontres. Rappelez-vous. À l'époque, vous étiez surpris de la rapidité avec laquelle je vous remettais les manuscrits. Je n'avais aucun mérite à cela : assis devant ma machine à écrire, je ne sentais pas les heures passer. Jusqu'au jour où… Mais vous savez où cette affaire m'a conduit.

» Par la suite, j'ai eu l'opportunité de m'installer à la seule place stable : celle de l'auteur. Alors j'ai remporté un prix littéraire, et pas mal d'autres succès plus anonymes. Puis m'est venue l'idée d'usurper la place du plus génial créateur romanesque de tous les temps : Balzac. Tel Dieu, il contemple les choses depuis les cimes. Mais il y est tout seul, et donc s'ennuie. Vous connaissez la suite. Entrer dans le combat des dieux entre eux. Devenir faussaire à la place du plus grand faussaire de l'histoire littéraire. Admettez qu'il y avait là quelque chose de grisant. Et choisir d'écrire à Céline, c'était placer face à face le monde des dieux créateurs et celui de l'enfer destructeur… Excusez mon emphase. Vous savez que je me suis toujours pris facilement au jeu.

— Et maintenant ?

— J'attends que Dieu me fixe audience. Je crois savoir qu'il pense à moi pour un prochain ouvrage. J'étudicrai toutes ses propositions. Je vous vois surpris et sceptique. Mais Dieu et moi, nous sommes faits pour nous entendre. À un tel niveau de mystification, nous ne sommes pas bien nombreux. Pour le reste… Je n'ai aucune imagination concernant ma propre vie

Les profiteroles arrivaient sur la table. La patronne, qui m'avait reconnu, s'attardait près de nous en évoquant le souvenir de Pierre. Jadis, elle avait obtenu l'autorisation d'aménager la terrasse sur la Seine grâce à son intervention.

— On a tout essayé pour le remercier, avec mon mari. Mettre une bouteille de champagne au frais chaque fois qu'il réservait une table, lui acheter des cigares, oublier l'addition de temps en temps. Impossible. Je suis incorruptible, disait-il ; et si vous tentez quelque chose, je fais boucler votre restaurant. Ah, le docteur Lavernois, quelle gentillesse, quelle bonne humeur.

L'éditeur n'était pas pressé de rentrer à Paris. Il me donnait des nouvelles de la maison.

— Vous avez su, pour Le Gall ? Je l'ai flanqué à la porte. Un type qui n'a comme seuls mots à la bouche que : parenthèses, merci beaucoup. D'ailleurs je ne consulterai plus jamais un avocat. Tous des pisse-froid.

— Le pauvre. Un homme si dévoué à son patron, perdre une place comme celle-là... Vous me laisserez son adresse. J'aurai besoin d'un avocat d'ici peu. Je vais me dénoncer comme faussaire.

— Je ne vous comprendrai jamais. Personne ne vous soupçonne, mais vous allez vous coller dans la gueule du loup. Et puis j'ai du travail pour vous jusqu'à la fin des temps, moi. Des projets, aussi. On pourrait peut-être parler de l'avenir d'une façon plus, comment dire…

— Positive ? Constructive ?

— Oui, c'est ça. Vous pourriez occuper une fonction définie au sein de la maison. Tenir un rôle au grand jour, et digne de vous. Directeur littéraire, pourquoi pas ? Cela vous plairait ?

— Vous me flattez. Mais les responsabilités, les horaires, un bureau, ça me fait peur. Ce serait trop long à vous expliquer. Non, je vous remercie, n'y pensez plus.

— Ne me dites pas que vous allez abandonner la profession, comme vous avez déjà essayé une fois. Laissez un peu de temps au temps. On peut toujours en reparler, lorsque vous vous serez changé les idées.

— D'accord. On en reparlera plus tard. Et à la réflexion, l'adresse de Le Gall, ce n'est pas nécessaire. Je vais suivre vos conseils, et me débrouiller sans avocat. Assurer soi-même sa défense, ça a plus de style.

Lorsque j'ai commencé à expliquer les faits au juge d'instruction, il ne m'a pas cru. J'espérais le choquer, au moins le surprendre. Rien. Pis, il oscillait entre la sympathie et la pitié. Quant au délit, il l'estimait carrément mineur. Dès notre deuxième entretien, il me confia en souriant de façon entendue :

— En dépit des propos que vous me tenez, et qui me paraissent invraisemblables, je ne crois pas que vous soyez affecté de troubles mentaux comme je l'ai supposé lors de votre première audition. Aussi je renonce à demander une expertise psychiatrique. D'ailleurs vous ne présentez aucun danger pour la société. Pas plus qu'un illusionniste qui prétend tordre des barres de fer ou monter à une corde suspendue en l'air. Mon opinion sur votre affaire est que vous avez simplement une soif extraordinaire de publicité.

» Nous allons examiner point par point vos aveux et déterminer s'ils tombent sous le coup de la loi. Ce qui n'est pas certain. Je m'interroge cependant sur votre obstination à vouloir rester en garde à vue, lorsque vous êtes allé vous dénoncer à la police la semaine dernière. Pourquoi cette demande insensée ? Un pari ? Vous vouliez jouer au martyr ? N'aviez-vous pas peur de dormir en cellule ?

— Pas le moins du monde. Longtemps, je me suis couché de bonne heure.

— Greffier, ne notez pas les dernières phrases. Elles relèvent de la conversation privée et n'ont pas à figurer au procès-verbal.

— Je me permets de porter à votre connaissance que quelqu'un a déjà écrit cela quelque part. Je ne voudrais pas être accusé de plagiat à chaque phrase que je prononce.

— Nous n'en sommes pas là. Reprenons. Ce manuscrit de Romain Gary, pardon, d'Émile Ajar...

Au risque de passer pour un délateur et de jouer un rôle répugnant, j'ai choisi de tout lui avouer. J'ai commencé par le début. Les discours et les articles pour Charles-Hubert. Au bout de trois phrases, il a fait un geste impatient de la main.

— Laissons cela de côté. Aucune importance. Il n'y a pas de plainte. En plus ce n'est pas un délit. Un homme politique a le droit d'employer les collaborateurs qu'il désire.

— Même en les laissant raconter n'importe quoi pour se faire élire ? La gravité des faits ne vous choque pas ?

— Les idées appartiennent à tout un chacun. Il n'y a pas lieu d'instruire là-dessus. Dans ce pays, vous pouvez dire ce que vous voulez à qui vous voulez et comme vous voulez, dès lors que vous ne portez atteinte à personne. La liberté de pensée et d'expression, vous connaissez ?

— Et les promesses inconsidérées qui remplissent les discours ?

— Si elles ne prennent pas une forme contractuelle avec engagement ferme des deux parties, mentionnant entre autres un délai de rétractation, des pénalités éventuelles, etc., ce qui est rarement le cas, elles ne possèdent aucune existence juridique. Dans le domaine politique, on peut considérer que le verdict final est constitué par le vote des électeurs. Vous savez bien que depuis les Grecs la démocratie a toujours entretenu des rapports complexes avec la démagogie. Même si la morale n'y trouve pas son compte, vous connaissez ce proverbe qu'affectionnent les hommes politiques : les promesses n'engagent que ceux qui y croient.

Il avait un peu le physique de Le Gall, c'est-à-dire le physique de tout le monde, mais l'allure générale du personnage était plus sympathique. Toujours impeccablement habillé, de façon classique, avec une veste en pied-de-poule et de jolies cravates. Il n'était pas non plus dénué de joie de vivre. Il souriait dès que je pénétrais dans son bureau. Je crois qu'il accueillait nos rencontres comme des moments de détente au cœur d'une journée chargée de contraintes monotones. Un jour où il semblait fatigué de son travail et où les dossiers s'empilaient sur son bureau plus encore que les autres fois, il me fit quelques confidences.

— Si vous saviez à quel point toutes ces histoires de corruption et de financement occulte des partis politiques sont lourdes à instruire. Les responsables politiques nous mentent à longueur d'auditions. Heureusement, je n'en ai hérité qu'une infime partie, mais certains confrères ne font plus que ça. Et puis les journalistes ! Comment s'en débarrasser, voilà ce que je me demande.

— Je vous comprends. Une société idéale devrait multiplier le nombre de magistrats et supprimer tous les journalistes. On tendrait ainsi vers une justice immédiate ; délit le matin, instruction l'après-midi, jugement le soir. Pas de temps perdu, pas de couloir encombré, pas d'article dans la presse. Le rêve.

Il s'est ressaisi d'un coup. Je vérifiais avec satisfaction que la fiction ramène toujours à la réalité. Il fouilla dans des documents éparpillés sur son bureau, avec une pointe d'exaspération.

— Revenons à notre affaire. Vous m'avez remis lors de la première audition une note contenant la liste de vingt-trois ouvrages auxquels, de près ou de loin, vous prétendez avoir collaboré. La question que je vous pose est précise. Je vous demanderai de bien vouloir y répondre avec la même précision, sans vous embarquer dans des récits compliqués comme la dernière fois. Détenez-vous des preuves de ce que vous avancez ?

La situation était étrange. Au fil des interrogatoires, le juge prenait ma défense tandis que je me chargeais moi-même de l'accusation. J'avais lu quelques mois plus tôt un rapport du F.B.I. sur les tueurs en série. L'auteur y expliquait qu'une des difficultés rencontrées par les enquêteurs était de trier parmi les nombreux crimes dont s'accusaient, par vantardise, les assassins. Peut-être pensait-il que j'appartenais à une catégorie de psychopathes du même genre. Il poursuivait, en remuant ses notes.

— Parce que j'ai consulté avec attention tous les ouvrages cités. Votre nom n'apparaît nulle part. J'ai écrit à chaque auteur. À ce jour, j'ai reçu douze réponses. Chacune contient un démenti formel. En voici une qui est encore plus sévère puisqu'elle évoque l'hypothèse d'une plainte contre vous, en vertu des articles L. III-4 et L. 132-8 du Code de la propriété intellectuelle. Passons. La maison d'édition, contactée par téléphone (je me suis autorisé cette entorse de procédure pour gagner du temps), déclare ne même pas vous connaître. Alors ?

— Permettez-moi de m'étonner de votre crédulité, monsieur le juge. Un auteur ne va pas se vanter auprès de vous de ne pas avoir écrit le livre qu'il a signé. Vous ne croyez pas celui qui dit la vérité, en l'occurrence le faussaire, et vous choisissez de croire les menteurs, c'est-à-dire ceux qui prétendent être les vrais écrivains.

» Mais tout cela n'a pas le moindre intérêt. Voilà autre chose qui vous convaincra peut-être de ma bonne foi. Je vous ai apporté le manuscrit de Balzac, autographe de ma main.

— Aucune plainte n'a été déposée. Quant au délit, il n'est pas constitué. Balzac est dans le domaine public. Ce que la morale réprouve ne tombe pas nécessairement sous le coup de la loi. Vous retrouvez là un problème vieux comme le monde. Celui des rapports entre le droit et l'éthique. Prenez un cas intéressant : l'adultère. D'une façon générale, l'opinion publique se représente que...

Il me fit un cours de droit pénal dont je ne suivis pas un mot. Le ronronnement des phrases et la chaleur ambiante m'endormaient.

— ... Donc, une fois encore, l'opinion confond le droit et le fait. Et en toute bonne foi !

Il me regardait en souriant. Nos entretiens l'amusaient de plus en plus.

— Exemple lumineux. Venons-en à mon livre signé Émile Ajar.

— Là, je vous l'accorde, vous ne couperez pas à la condamnation. Seulement vous n'êtes pas sans savoir que les personnes physiques ou morales qui ont porté plainte demandent des réparations modestes : la condamnation au franc symbolique et une insertion du jugement dans la presse. L'ensemble n'ira pas loin. La justice ne va pas vous ruiner. Malheureusement pour vous, on vous oubliera vite.

— Qu'est-ce que vous voulez dire ?

— Vous souhaitez que je vous mette les points sur les *i* ?

Il fit signe au greffier de ne plus noter.

— Je ne crois pas un mot de toute votre histoire. En revanche, je vois à qui profite cette mise en scène. À vous.

Il savourait l'effet. Je ne comprenais rien à ses sous-entendus.

— Je me suis entretenu longuement avec votre éditeur, pour reprendre les termes que vous avez employés. Car, « votre éditeur », il ne l'a jamais été. Et cela pour une raison que vous vous êtes bien gardé de m'avouer : il ne l'a pas voulu. Le seul souvenir qu'il a conservé de vous, c'est celui d'un nom sur la première page d'un manuscrit qu'il a lu avec attention, mais qu'il n'a pas choisi de publier. Fier comme vous êtes, vous en avez ressenti une profonde humiliation.

Au point de chercher à faire parler de vous tout en nuisant à cette maison qui avait eu l'audace de refuser votre œuvre. Alors vous avez imaginé cette histoire. Vous vous êtes accusé d'être l'auteur de ce manuscrit qui a défrayé la chronique, puis de quelques autres au passage, pourquoi pas. Et toujours des succès de librairie, tant qu'à faire. Mon intime conviction, la voici : vous êtes un mystificateur. Le titre est moins chic que celui de faussaire, je vous l'accorde. Mais il faudra vous en contenter. À mes yeux du moins.

— Dans ce cas, qui a écrit cette *Lettre à Louis-Ferdinand Céline* ? Romain Gary ?

— Faites-moi l'honneur de me croire moins bête. Il est patent que ce livre est une opération commerciale montée de toutes pièces par la maison d'édition. Vous n'y avez joué aucun rôle direct. Indirectement, c'est une autre affaire. Votre condamnation va rendre service à cette maison, que plus personne ne va soupçonner. Ainsi, en pensant lui nuire, vous l'avez confortée dans son succès. Votre attaque a donc raté sa cible.

» Vous m'en voyez bien affecté pour vous. Mais il faudra trouver autre chose pour vous venger d'avoir été refusé par une maison prestigieuse. Dans cette affaire, tout au plus avez-vous tenu à vos dépens le rôle du leurre : un chiffon rouge qu'on agite devant le taureau pour dévier ses coups de corne. Mais littérairement, cher monsieur, je suis navré de vous le dire : vous n'existez pas. Même lorsque vous frappez à la petite porte, on ne vous ouvre pas.

J'ai baissé la tête pour cacher ma tristesse. Les événements m'échappaient encore une fois. Je vous l'ai déjà dit, je ne possède aucune imagination lorsqu'il s'agit de ma propre vie. Dès que je manigance quelque chose, l'intrigue s'effondre. À quoi bon reprendre mes explications ? Je n'en avais ni l'envie ni l'énergie. Et puis le juge m'avait exposé son intime conviction, comme disent ces gens-là. Inutile de lutter.

— Je considère que l'instruction est achevée. N'ayez crainte, je ne vais pas vous accabler. Visiblement, vous êtes assez puni comme ça.

Je me suis levé pour sortir. Mais le juge hésitait à clore l'entretien. Il fronçait les sourcils, préoccupé. J'ai saisi un geste destiné au greffier, qui s'est éclipsé avec discrétion.

— Si vous le permettez, je voudrais que nous nous quittions sur une note plus personnelle. Comment vous dire cela... Oubliez le juge et les propos sévères que je vous ai tenus. Sachez qu'en tant qu'homme, je sais ce que vous avez pu ressentir. Vos espoirs de publication, suivis d'une immense déception... Ce ne sont pas des moments bien drôles. Aussi, j'aimerais que nous puissions nous serrer la main avec une sympathie mutuelle.

Je l'ai regardé avec stupéfaction. Il était visiblement affecté par les dernières phrases qu'il venait de prononcer. Pâle, bafouillant. Toute l'autorité du magistrat sûr de lui avait disparu en un instant. Il reprit, en cherchant ses mots.

— Moi aussi, j'ai voulu écrire, lorsque j'étais étudiant. Deux ans à peiner sur un texte. Résultat : tout le monde me l'a refusé. Après, pendant des années, je n'avais plus la moindre confiance en moi. Et puis, selon la formule consacrée, je me suis ressaisi. J'ai intégré l'École nationale de la magistrature. Voilà. N'en parlons plus. Tout cela pour vous dire que je comprends votre tristesse.

Il s'est levé. Ce n'était plus le même homme. J'ai repensé à Pierre, la première fois, lorsque nous nous étions rencontrés dans le café des Grands Boulevards : le désarroi complet. L'écriture rend fous ceux qu'elle veut perdre.

— Est-il indiscret de vous demander quel genre de texte vous aviez écrit ?

Son regard se perdit dans le vague, comme lorsqu'on évoque un amour qui a échoué mais restera toujours un manque douloureux.

— Non, ce n'est pas indiscret. Les faits remontent si loin. Comme on dit dans notre métier, il y a prescription. Il s'agissait d'un rêve d'étudiant, d'une stupidité qui ne pouvait intéresser personne. Figurez-vous que je m'étais mis dans la tête de composer une tragédie. Une vraie tragédie en cinq actes, écrite en alexandrins à rimes plates, avec les trois unités, de lieu, de temps, d'action, s'il vous plaît. J'adorais Racine et Corneille. Vous imaginez les lettres de refus que les éditeurs m'ont envoyées. Voilà, vous savez tout. Ridicule, non ?

Je me suis rassis.

— Une tragédie ? Je ne trouve pas ça ridicule du tout. Ou alors, nous sommes deux. J'ai toujours rêvé d'en écrire une. Le hasard veut que moi aussi je me sois beaucoup intéressé à Corneille, lorsque j'étais étudiant. Est-ce que vous accepteriez de me faire lire votre travail ?

Il hésitait entre incrédulité et amusement.

— Si vous n'avez rien de mieux à faire, pourquoi pas. Il doit bien me rester un exemplaire dans une malle, au grenier. Mais ne vous attendez pas à une merveille, je vous préviens.

— Il faut voir. Vous situez l'hôtel Meurice, rue de Rivoli ?

DU MÊME AUTEUR

Aux Éditions du Dilettante

LA MACHINE À ÉCRIRE, 1996 (Folio n° 3465)
LA GALETTE DES ROIS, 1998

Aux Éditions Calmann-Lévy

LES GRANDES PERSONNES, 2000

COLLECTION FOLIO

Dernières parutions

3156.	Jean d'Ormesson	*Casimir mène la grande vie.*
3157.	Antoine de Saint-Exupéry	*Carnets.*
3158.	Bernhard Schlink	*Le liseur.*
3159.	Serge Brussolo	*Les ombres du jardin.*
3161.	Philippe Meyer	*Le progrès fait rage. Chroniques 1.*
3162.	Philippe Meyer	*Le futur ne manque pas d'avenir. Chroniques 2.*
3163.	Philippe Meyer	*Du futur faisons table rase. Chroniques 3.*
3164.	Ana Novac	*Les beaux jours de ma jeunesse.*
3165.	Philippe Soupault	*Profils perdus.*
3166.	Philippe Delerm	*Autumn.*
3167.	Hugo Pratt	*Cour des mystères.*
3168.	Philippe Sollers	*Studio.*
3169.	Simone de Beauvoir	*Lettres à Nelson Algren. Un amour transatlantique. 1947-1964.*
3170.	Elisabeth Burgos	*Moi, Rigoberta Menchú.*
3171.	Collectif	*Une enfance algérienne.*
3172.	Peter Handke	*Mon année dans la baie de Personne.*
3173.	Marie Nimier	*Celui qui court derrière l'oiseau.*
3175.	Jacques Tournier	*La maison déserte.*
3176.	Roland Dubillard	*Les nouveaux diablogues.*
3177.	Roland Dubillard	*Les diablogues et autres inventions à deux voix.*
3178.	Luc Lang	*Voyage sur la ligne d'horizon*
3179.	Tonino Benacquista	*Saga.*
3180.	Philippe Delerm	*La première gorgée de bière et autres plaisirs minuscules.*
3181.	Patrick Modiano	*Dora Bruder.*
3182.	Ray Bradbury	*... mais à part ça tout va très bien.*

3184.	Patrick Chamoiseau	*L'esclave vieil homme et le molosse.*
3185.	Carlos Fuentes	*Diane ou La chasseresse solitaire.*
3186.	Régis Jauffret	*Histoire d'amour.*
3187.	Pierre Mac Orlan	*Le carrefour des Trois Couteaux.*
3188.	Maurice Rheims	*Une mémoire vagabonde.*
3189.	Danièle Sallenave	*Viol.*
3190.	Charles Dickens	*Les Grandes Espérances.*
3191.	Alain Finkielkraut	*Le mécontemporain.*
3192.	J.M.G. Le Clézio	*Poisson d'or.*
3193.	Bernard Simonay	*La première pyramide, I : La jeunesse de Djoser.*
3194.	Bernard Simonay	*La première pyramide, II : La cité sacrée d'Imhotep.*
3195.	Pierre Autin-Grenier	*Toute une vie bien ratée.*
3196.	Jean-Michel Barrault	*Magellan : la terre est ronde.*
3197.	Romain Gary	*Tulipe.*
3198.	Michèle Gazier	*Sorcières ordinaires.*
3199.	Richard Millet	*L'amour des trois sœurs Piale.*
3200.	Antoine de Saint-Exupéry	*Le petit prince.*
3201.	Jules Verne	*En Magellanie.*
3202.	Jules Verne	*Le secret de Wilhelm Storitz.*
3203.	Jules Verne	*Le volcan d'or.*
3204.	Anonyme	*Le charroi de Nîmes.*
3205.	Didier Daeninckx	*Hors limites.*
3206.	Alexandre Jardin	*Le Zubial.*
3207.	Pascal Jardin	*Le Nain Jaune.*
3208.	Patrick McGrath	*L'asile.*
3209.	Blaise Cendrars	*Trop c'est trop.*
3210.	Jean-Baptiste Evette	*Jordan Fantosme.*
3211.	Joyce Carol Oates	*Au commencement était la vie.*
3212.	Joyce Carol Oates	*Un amour noir.*
3213.	Jean-Yves Tadié	*Marcel Proust I.*
3214.	Jean-Yves Tadié	*Marcel Proust II.*
3215.	Réjean Ducharme	*L'océantume.*
3216.	Thomas Bernhard	*Extinction.*
3217.	Balzac	*Eugénie Grandet.*
3218.	Zola	*Au Bonheur des Dames.*
3219.	Charles Baudelaire	*Les Fleurs du Mal.*
3220.	Corneille	*Le Cid.*

3221. Anonyme — *Le Roman de Renart.*
3222. Anonyme — *Fabliaux.*
3223. Hugo — *Les Misérables I.*
3224. Hugo — *Les Misérables II.*
3225. Anonyme — *Tristan et Iseut.*
3226. Balzac — *Le Père Goriot.*
3227. Maupassant — *Bel-Ami.*
3228. Molière — *Le Tartuffe.*
3229. Molière — *Dom Juan.*
3230. Molière — *Les Femmes savantes.*
3231. Molière — *Les Fourberies de Scapin.*
3232. Molière — *Le Médecin malgré lui.*
3233. Molière — *Le Bourgeois gentilhomme.*
3234. Molière — *L'Avare.*
3235. Homère — *Odyssée.*
3236. Racine — *Andromaque.*
3237. La Fontaine — *Fables choisies.*
3238. Perrault — *Contes.*
3239. Daudet — *Lettres de mon moulin.*
3240. Mérimée — *La Vénus d'Ille.*
3241. Maupassant — *Contes de la Bécasse.*
3242. Maupassant — *Le Horla.*
3243. Voltaire — *Candide ou l'Optimisme.*
3244. Voltaire — *Zadig ou la Destinée.*
3245. Flaubert — *Trois Contes.*
3246. Rostand — *Cyrano de Bergerac.*
3247. Maupassant — *La Main gauche.*
3248. Rimbaud — *Poésies.*
3249. Beaumarchais — *Le Mariage de Figaro.*
3250. Maupassant — *Pierre et Jean.*
3251. Maupassant — *Une vie.*
3252. Flaubert — *Bouvart et Pécuchet.*
3253. Jean-Philippe Arrou-Vignod — *L'Homme du cinquième jour.*
3254. Christian Bobin — *La femme à venir.*
3255. Michel Braudeau — *Pérou.*
3256. Joseph Conrad — *Un paria des îles.*
3257. Jerôme Garcin — *Pour Jean Prévost.*
3258. Naguib Mahfouz — *La quête.*
3259. Ian McEwan — *Sous les draps et autres nouvelles.*

3260. Philippe Meyer	*Paris la Grande.*
3261. Patrick Mosconi	*Le chant de la mort.*
3262. Dominique Noguez	*Amour noir.*
3263. Olivier Todd	*Albert Camus, une vie.*
3264. Marc Weitzmann	*Chaos.*
3265. Anonyme	*Aucassin et Nicolette.*
3266. Tchekhov	*La dame au petit chien et autres nouvelles.*
3267. Hector Bianciotti	*Le pas si lent de l'amour.*
3268 Pierre Assouline	*Le dernier des Camondo.*
3269. Raphaël Confiant	*Le meurtre du Samedi-Gloria.*
3270. Joseph Conrad	*La Folie Almayer.*
3271. Catherine Cusset	*Jouir.*
3272. Marie Darrieussecq	*Naissance des fantômes.*
3273. Romain Gary	*Europa.*
3274. Paula Jacques	*Les femmes avec leur amour.*
3275. Iris Murdoch	*Le chevalier vert.*
3276. Rachid O.	*L'enfant ébloui.*
3277. Daniel Pennac	*Messieurs les enfants.*
3278. John Edgar Wideman	*Suis-je le gardien de mon frère ?*
3279. François Weyergans	*Le pitre.*
3280. Pierre Loti	*Le Roman d'un enfant* suivi de *Prime jeunesse.*
3281. Ovide	*Lettres d'amour.*
3282. Anonyme	*La Farce de Maître Pathelin.*
3283. François-Marie Banier	*Sur un air de fête.*
3284. Jemia et J.M.G. Le Clézio	*Gens des nuages.*
3285. Julian Barnes	*Outre-Manche.*
3286. Saul Bellow	*Une affinité véritable.*
3287. Emmanuèle Bernheim	*Vendredi soir.*
3288. Daniel Boulanger	*Le retable Wasserfall.*
3289. Bernard Comment	*L'ombre de mémoire.*
3290. Didier Daeninckx	*Cannibale.*
3291. Orhan Pamuk	*Le château blanc.*
3292. Pascal Quignard	*Vie secrète.*
3293. Dominique Rolin	*La Rénovation.*
3294. Nathalie Sarraute.	*Ouvrez.*
3295. Daniel Zimmermann	*Le dixième cercle.*
3296. Zola	*Rome.*
3297. Maupassant	*Boule de suif.*
3298. Balzac	*Le Colonel Chabert.*

3299.	José Maria Eça de Queiroz	*202, Champs-Élysées.*
3300.	Molière	*Le Malade Imaginaire.*
3301.	Sand	*La Mare au Diable.*
3302.	Zola	*La Curée.*
3303.	Zola	*L'Assommoir.*
3304.	Zola	*Germinal.*
3305.	Sempé	*Raoul Taburin.*
3306.	Sempé	*Les Musiciens.*
3307.	Maria Judite de Carvalho	*Tous ces gens, Mariana...*
3308.	Christian Bobin	*Autoportrait au radiateur.*
3309.	Philippe Delerm	*Il avait plu tout le dimanche.*
3312.	Pierre Pelot	*Ce soir, les souris sont bleues.*
3313.	Pierre Pelot	*Le nom perdu du soleil.*
3314.	Angelo Rinaldi	*Dernières nouvelles de la nuit.*
3315.	Arundhati Roy	*Le Dieu des Petits Riens.*
3316.	Shan Sa	*Porte de la paix céleste.*
3317.	Jorge Semprun	*Adieu, vive clarté...*
3318.	Philippe Sollers	*Casanova l'admirable.*
3319.	Victor Segalen	*René Leys.*
3320.	Albert Camus	*Le premier homme.*
3321.	Bernard Comment	*Florence, retours.*
3322.	Michel Del Castillo	*De père français.*
3323.	Michel Déon	*Madame Rose.*
3324.	Philipe Djian	*Sainte-Bob.*
3325.	Witold Gombrowicz	*Les envoûtés.*
3326.	Serje Joncour	*Vu.*
3327.	Milan Kundera	*L'identité.*
3328.	Pierre Magnan	*L'aube insolite.*
3329.	Jean-Noël Pancrazi	*Long séjour.*
3330.	Jacques Prévert	*La cinquième saison.*
3331.	Jules Romains	*Le vin blanc de la Villette.*
3332.	Thucydide	*La Guerre du Péloponnèse.*
3333.	Pierre Charras	*Juste avant la nuit.*
3334.	François Debré	*Trente ans avec sursis.*
3335.	Jérôme Garcin	*La chute de cheval.*
3336.	Syvie Germain	*Tobie des marais.*
3337.	Angela Huth	*L'invitation à la vie conjugale.*
3338.	Angela Huth	*Les filles de Hallows Farm.*
3339.	Luc Lang	*Mille six cents ventres.*
3340.	J.M.G. Le Clézio	*La fête chantée.*

3341. Daniel Rondeau	*Alexandrie.*
3342. Daniel Rondeau	*Tanger.*
3343. Mario Vargas Llosa	*Les carnets de Don Rigoberto.*
3344. Philippe Labro	*Rendez-vous au Colorado.*
3345. Christine Angot	*Not to be.*
3346. Christine Angot	*Vu du ciel.*
3347. Pierre Assouline	*La cliente.*
3348. Michel Braudeau	*Naissance d'une passion.*
3349. Paule Constant	*Confidence pour confidence.*
3350. Didier Daeninckx	*Passages d'enfer.*
3351. Jean Giono	*Les récits de la demi-brigade.*
3352. Régis Debray	*Par amour de l'art.*
3353. Endô Shûsaku	*Le fleuve sacré.*
3354. René Frégni	*Où se perdent les hommes.*
3355. Alix de Saint-André	*Archives des anges.*
3356. Lao She	*Quatre générations sous un même toit II.*
3357. Bernard Tirtiaux	*Le puisatier des abîmes.*
3358. Anne Wiazemsky	*Une poignée de gens.*
3359. Marguerite de Navarre	*L'Heptaméron.*
3360. Annie Cohen	*Le marabout de Blida.*
3361. Abdelkader Djemaï	*31, rue de l'Aigle.*
3362. Abdelkader Djemaï	*Un été de cendres.*
3363. J.P. Donleavy	*La dame qui aimait les toilettes propres.*
3364. Lajos Zilahy	*Les Dukay.*
3365. Claudio Magris	*Microcosmes.*
3366. Andreï Makine	*Le crime d'Olga Arbélina.*
3367. Antoine de Saint-Exupéry	*Citadelle (édition abrégée).*
3368. Boris Schreiber	*Hors-les-murs.*
3369. Dominique Sigaud	*Blue Moon.*
3370. Bernard Simonay	*La lumière d'Horus (La première pyramide III).*
3371. Romain Gary	*Ode à l'homme qui fut la France.*
3372. Grimm	*Contes.*
3373. Hugo	*Le Dernier Jour d'un Condamné.*
3374. Kafka	*La Métamorphose.*
3375. Mérimée	*Carmen.*
3376. Molière	*Le Misanthrope.*
3377. Molière	*L'École des femmes.*
3378. Racine	*Britannicus.*

3379. Racine — *Phèdre.*
3380. Stendhal — *Le Rouge et le Noir.*
3381. Madame de Lafayette — *La Princesse de Clèves.*
3382. Stevenson — *Le Maître de Ballantrae.*
3383. Jacques Prévert — *Imaginaires.*
3384. Pierre Péju — *Naissances.*
3385. André Velter — *Zingaro suite équestre.*
3386. Hector Bianciotti — *Ce que la nuit raconte au jour.*
3387. Chrystine Brouillet — *Les neuf vies d'Edward.*
3388. Louis Calaferte — *Requiem des innocents.*
3389. Jonathan Coe — *La Maison du sommeil.*
3390. Camille Laurens — *Les travaux d'Hercule.*
3391. Naguib Mahfouz — *Akhénaton le renégat.*
3392. Cees Nooteboom — *L'histoire suivante.*
3393. Arto Paasilinna — *La cavale du géomètre.*
3394. Jean-Christophe Rufin — *Sauver Ispahan.*
3395. Marie de France — *Lais.*
3396. Chrétien de Troyes — *Yvain ou le Chevalier au Lion.*
3397. Jules Vallès — *L'Enfant.*
3398. Marivaux — *L'Île des Esclaves.*
3399. R.L. Stevenson — *L'Île au trésor.*
3400. Philippe Carles et Jean-Louis Comolli — *Free jazz, Black power.*
3401. Frédéric Beigbeder — *Nouvelles sous ecstasy.*
3402. Mehdi Charef — *La maison d'Alexina.*
3403. Laurence Cossé — *La femme du premier ministre.*
3404. Jeanne Cressanges — *Le luthier de Mirecourt.*
3405. Pierrette Fleutiaux — *L'expédition.*
3406. Gilles Leroy — *Machines à sous.*
3407. Pierre Magnan — *Un grison d'Arcadie.*
3408. Patrick Modiano — *Des inconnues.*
3409. Cees Nooteboom — *Le chant de l'être et du paraître.*
3410. Cees Nooteboom — *Mokusei !*
3411. Jean-Marie Rouart — *Bernis le cardinal des plaisirs.*
3412. Julie Wolkenstein — *Juliette ou la paresseuse.*
3413. Geoffrey Chaucer — *Les Contes de Canterbury.*
3414. Collectif — *La Querelle des Anciens et des Modernes.*
3415. Marie Nimier — *Sirène.*
3416. Corneille — *L'Illusion Comique.*

Composition Nord Compo.
Impression Société Nouvelle Firmin-Didot
à Mesnil-sur-l'Estrée, le 12 décembre 2000.
Dépôt légal : décembre 2000.
Numéro d'imprimeur : 53723.

ISBN 2-07-041232-6/Imprimé en France.

93662